大灰狼　小红帽　穿靴子的猫　磨坊主的小儿子

PERRAULT'S FAIRY TALES
佩罗童话

[法] 夏尔·佩罗 著　李玉民 译　郝雨婷 绘

北京理工大学出版社
BEIJING INSTITUTE OF TECHNOLOGY PRESS

版权专有　侵权必究

图书在版编目（CIP）数据

佩罗童话 /（法）夏尔·佩罗著；李玉民译 . — 北京：北京理工大学出版社，2020.12（2025.4 重印）

ISBN 978-7-5682-9140-8

Ⅰ . ①佩… Ⅱ . ①夏… ②李… Ⅲ . ①童话—法国—近代 Ⅳ . ① I565.88

中国版本图书馆 CIP 数据核字（2020）第 197663 号

责任编辑：封　雪		文案编辑：毛慧佳	
责任校对：刘亚男		责任印制：施胜娟	

出版发行 / 北京理工大学出版社有限责任公司
社　　址 / 北京市丰台区四合庄路 6 号
邮　　编 / 100070
电　　话 /（010）68944451（大众售后服务热线）
　　　　　（010）68912824（大众售后服务热线）
网　　址 / http://www.bitpress.com.cn

版 印 次 / 2025 年 4 月第 1 版第 2 次印刷
印　　刷 / 武汉林瑞升包装科技有限公司
开　　本 / 787 mm × 1092 mm　1/16
印　　张 / 11.5
字　　数 / 130 千字
定　　价 / 79.90 元

图书出现印装质量问题，请拨打售后服务热线，负责调换

译者的话

法国经典儿童文学的粗脉络

17世纪,法国儿童文学进入全盛时期,标志之一就是一批文人进入这一创作领域,将儿童文学从民间带入大雅之堂。

儿童文学由民间升入大雅之堂的时代背景,一是文人的创作领域有所拓展,二是王室和大贵族开始强调王储王子、贵族子弟的教育,需要一批寓教于乐的教材。

在这样的时代背景下,法国出现了一批优秀的寓言诗作家、童话作家。寓言诗集大成者是让·德·拉封丹(1621—1695年),而童话作家中的佼佼者,便是本书作者夏尔·佩罗(1628—1703年)。

两位作家几乎生活在同一个历史时期,即法国专制制度的鼎盛时期。二位都接受过旨意,拉封丹把六卷本第一部寓言诗(1668年)题献给了王国储君——当年七岁的路易十四的独生子。无独有偶,佩罗也受命设计凡尔赛的迷宫,即一种寻求智慧的迷宫,作为长到十多岁的储君的教育基地。

法国实行全民义务教育时,拉封丹和佩罗的作品都被编入中小学教材,成为法国儿童的启蒙读物。

我曾从法国带回一本像大辞典似的佩罗作品集,里面有精美的插图,但是没有碰到翻译出版的机会,十多年来因搬家装修,大多数图书装进箱里,急用时却不知压在何处,于是只好根据天津人民出版社于2016年出版的法文原版 Les Contes de Perrault 译出本书的前九篇。另外,我还根据从网上下载的原作,译出了《菲奈特历险记》和《凡尔赛的迷宫》。

我自小没有读过寓言诗和童话故事,更不用说法国的这类图书,这一课的缺失就是我翻译法国经典儿童读物的第一动力。补上这一课可以帮助我找回童年的感觉。我陆续翻译出版了《拉封丹寓言诗全集》《小王子》《捉猫故事集》以及这本《佩罗童话》,似乎摸到了法国经典儿童文学发展的脉络。

7—8世纪广泛流传的《列那狐的故事》是对主流的骑士文学的滑稽模仿,嘲讽了中世纪社会和政治。这种广泛流传的民间文学经过后世无数文人的增删编写,许多段落仍保留深厚的寓言和童话的意味。直到16世纪,法国文艺复兴时期的巨匠拉伯雷的长篇小说《巨人传》中有不少章节都有寓言和童话般的故事,非常精彩,富有人间烟火气。

到了17世纪,寓言诗和童话似乎羽毛丰满,可以单飞了。于是,出现了大师级的寓言诗人拉封丹,以及一批童话作家,除佩罗外,还有博蒙夫人、塞居尔夫人等。寓言诗和童话故事的创作在法国趋于成熟,其跟上古典主义文学主流的末尾的一个标志,就是经过了文人法语的洗礼,同时,也是文人法语的胜利。

法国文艺复兴的一大课题就是法语的规范化。一代又一代诗人和作家通过其文学创作,大大促进了法语规范化的进程。规范法语的不二法门就是语法规则。确立起来的语法规则虽然极为繁复,但也很精当,保证了表意的繁丰与细腻。

不过,这也是口头法语和书面法语两极分化的过程。二者以双轨制各行其是,至今依然,自然也相互渗透(不妨看看雨果《悲惨世界》第四部第七卷黑话),这已是题外话了。

进入17世纪，规范化的法语作为文学的载体和教育的工具，已臻于成熟，于是此时的法国文学就进入了伟大的世纪，出现了悲剧大师高乃依和拉辛、喜剧大师莫里哀和寓言诗大师拉封丹。

规范的法语是文人法语、贵族阶层的法语，在18—19世纪甚至成为欧洲各国贵族通用的语言。这种书面语言，没有受过系统教育的普通法国人是看不懂的，然而，正是这种文人法语，在贵族阶层退出历史舞台后，支撑着法国文化事业的发展，使巴黎在较长时期成为文化艺术之都，尤其支撑着法国文学创作兴盛长达四百余年。

法国文学虽然兴盛了四个多世纪，而且大师级人物频出，但是儿童文学领域再也没有出现拉封丹那种品级的人，大概传统的诗歌、戏剧以及后来的小说这类体裁太强势了，众多儿童文学作品只能在夹缝中生存，或者零散出现在名家的笔下，其中法国浪漫派代表人物缪塞所写的中短篇小说就有几篇，如《白鸟鸫》等，在我看来就属于精彩的童话。

从佩罗的童话到埃梅的童话《捉猫故事集》，以及圣埃克苏佩里的童话《小王子》问世，过了将近二百年，可见优秀的童话是稀缺品，弥足珍贵。

佩罗的童话由于是转型之作，具有民间传说和文人加工两种痕迹，风格不统一。有些叙述得过于简短，如《穿靴子的猫》《小红帽》《仙女》等，显得意犹未尽；而另一些，如《驴皮女》《小凤头里凯》《菲奈特历险记》等，无论故事情节的安排，还是叙述的语言，都文人气十足，叙述的语言不求简洁，表意的手段大大增加，许多地方超出了少儿的理解范围。

这些近乎"母文本"的童话，虽然不尽完美，却是无可替代的，几个世纪以来，生发出不知多少变异的版本，又不知被改编成多少其他形式的艺术作品。

后世的许多儿童读物，都有这些童话的"转基因"。例如，佩罗笔下那只猫穿的"七里靴"（一步二十八千米）又穿到了埃梅笔下一个穷苦的小学生脚上（《七里靴》）；同样，蓝胡子也跨越二百多年，到梅特林克（《青鸟》的作者）的剧作（《蓝胡子》）中担任主角。

不过，《小王子》和《捉猫故事集》则是两位脑洞大师——圣埃克苏佩里和埃梅创作出来的童话新品种，完全摆脱了传统套路，一个仿佛来自天外，一个似乎从厚积的沃土中蓬勃而生，一成形就完美无缺，简直浑然天成。

这样的童话，二百年才一遇，能将其翻译出来是我的荣幸。

先是结交小王子，梦幻似的神游；然后一尘不染的小王子天真地发问，引我回顾成年之后越活越累又越迷惘的时期。近光者明，我心里一下子豁亮了，原来无非丢失了人生原有的智慧和初始的真理，不知自己是谁了。

也是天缘作美，很快，我又应约补全译文出版《捉猫故事集》，得以同两个农村小姑娘及其动物伙伴重聚，引入儿童天然成长的生态环境，恍若又过了一回童年，找回了小时候的感觉。从《佩罗童话》到《小王子》再到《捉猫故事集》，画上的不是句号，而是一个大大的感叹号。

李玉民

2020年6月

目 录
contents

穿靴子的猫 001

　　　　　012 小·红帽

林中睡美人 020

　　　　　038 蓝胡子

驴皮女 047

　　　　　067 小·拇指

仙女 082

　　　　　088 小·凤头里凯

灰姑娘 098

　　　　　114 菲奈特历险记

凡尔赛的迷宫 135

读品

让阅读成为一种瘾

穿靴子的猫

一个磨坊主辞世后,留给三个儿子的全部家当,只有他的磨坊、他的驴和他的猫。三兄弟很快分家单过,没请公证人,也没找律师——遗产少得可怜,还不够支付他们的费用。

老大继承磨坊,老二要驴子,留给老三的就只有那只猫了。

老三就得到这么点遗产,心里越想越不是滋味。

"我那两个哥哥一搭伙,"他自言自语,"就能过上体面的生活;可是我呢,吃完了猫肉,拿猫皮做副手笼,往后就只有饿死的份儿了。"

猫儿听见了这种牢骚,语气郑重而严肃地对他说:

"您不必犯愁,我的主人。您只要给我一条口袋,再给我做一双靴子,好让我能走在荆棘

丛生的地带,您就瞧好吧,您分得的这份财产并不像您以为的那么糟糕。"

猫的话,主人并不怎么当真,不过他见识过猫抓耗子的本领高超、灵活机变。例如,悬梁倒挂或躲在面粉里装死之类的,想必还有点儿盼头,能帮他解困。

装备齐全了,猫神气地蹬上靴子。现在我们要称他猫爷了。猫爷把口袋搭在脖颈后面,用前爪拉住袋绳,就朝野兔出没的育兔林进发了。

猫爷到达后,找了一个地方张开口袋,在里面装上麦麸和苦苣菜,然后躺下装死,等待年幼无知、不识世间险恶的兔子进袋觅食。

他刚刚躺下,好事儿就找上门来,一只冒失的小兔子钻进了口袋,猫爷立即勒紧袋口,毫不留情地勒死了兔子。

猫爷得意非凡,扛着猎物去觐见国王。他被请到楼上宫室。刚一进门,他就深鞠一躬,对国王陛下说道:

"陛下,我奉主人卡拉巴侯爵先生(信口给他主人胡编的名头)之命,将他育兔林中的一只兔子献给您。"

"回禀你的主人，"国王回答，"我感谢他，很喜欢他送的礼物。"

又有一回，猫爷躲进麦田里，仍旧张开口袋，正巧有两只山鹑钻进去，他就勒紧袋口，捉住两只山鹑，还像上次送野兔那样将两只山鹑献给了国王。国王收下后，很高兴，还赏给他点儿酒钱。

就这样，猫爷三天两头以主人的名义送野味给国王，坚持了两三个月。有一天，猫爷得知国王要到河边游览，还会带上他女儿——世间最美的公主，他就对主人说：

"您若是愿意听我的劝告，那么就时来运转了；您只需到我指定的地点下河洗

澡，余下的事就包在我身上。"

"卡拉巴侯爵"也不知道这其中的奥妙，就想先按猫爷的意思办再说。当他在河中洗澡的时候，猫爷突然大叫："救命啊！救命！卡拉巴侯爵快淹死啦！"

国王听见呼救声，头探出车窗张望，认出是常给他送野味的猫爷，就命令他的卫队快去救卡拉巴侯爵。猫爷趁有人下河救可怜的侯爵的工夫，跑到车驾跟前对国王说："我的主人在河中沐浴时，来了几个小偷，我扯着嗓门呼叫捉贼也没有人来帮忙。"其实，猫爷将主人的衣服藏在了一块大石头底下了。

国王立即命令掌管服饰的侍从回宫取一套他最漂亮的衣服来。国王将他的衣服赏赐给卡拉巴侯爵先生,还对他百般抚慰。美服抬人,猫爷的主人本来就长得很帅,再穿上国王的华服,就更显得仪表堂堂了。国王的女儿觉得他很不错,而卡拉巴侯爵用他颇为温柔而又十分敬重的目光,刚刚向公主送去了两三个秋波。公主便对他一见钟情了。

国王邀请侯爵上车同游。猫爷见自己的计划即将实现,又赶紧朝队伍前面跑去,一遇到割牧草的农民就说:"割草的好心人,如果你们见到国王,不说牧场属于卡拉巴侯爵,将会一个不剩,全被剁成肉泥。"

国王经过牧场,免不了要问割草的农民,牧场的主人是谁。他们都异口同声地回答:"是卡拉巴侯爵。"他们受了猫爷的威胁,都怕得要命。

"您这份产业很可观啊。"国王对卡拉巴侯爵说道。

"您看到了,陛下,这片牧场真是天从人愿,年年都有丰厚的收益。"

猫爷总要跑到前头,碰到收割麦子的人,就对他们说:

"收割麦子的好心人啊,如果不说所有这些麦田都是属于卡拉巴侯爵的,你们将一个不剩,全被剁成肉泥。"

片刻之后,国王经过这里,问起他望见的这片麦田主人是谁。

"是卡拉巴侯爵。"收割麦子的人异口同声地回答。

国王又同卡拉巴侯爵赞赏起这片麦田。

就这样,猫爷始终赶在车驾前,遇到人就重复同样的话,国王一路行来十分惊讶,卡拉巴侯爵居然拥有如此巨大的财富。

猫爷终于来到一座壮观的城堡。城堡的主人是个妖魔,也是远近闻名的富豪,而国王经过的那些田产,全都归属于这个妖魔。猫爷已事先打探清楚,城堡的主人是何方妖魔，有何魔法。他请求拜见城堡的主人。猫爷声称："路经城堡，能有幸观瞻城堡、拜访堡主，哪有错过良机之理。"

妖魔也以他可能做到的礼节接待猫爷，请他坐下歇脚。

"外面盛传，"猫爷说道，"您的本事非凡，能变成各种各样的动物，譬如，变成狮子、大象。"

"千真万确，"妖魔吼着说道，"说变就变。瞧着点儿，我要变成狮子了。"

猫爷忽然面对一头狮子，真吓坏了，纵身跳上房檐，由于穿着靴子，行动相当费劲，也相当危险，走在瓦顶上的脚步一点儿也不稳。

过了一会儿，猫爷见妖魔脱离原形，恢复刚才的样子，这才跳下房檐，承认自己吓得够呛。

"我还听说，"猫爷说道，"您还能变成极小极小的动物，例如，变成一只小耗子，不瞒您说，我觉得这根本就不可能！"

"不可能？"妖魔接口道，"我就让您开开眼！"他说着，就变成一只小耗子，满地乱窜。

猫爷一见耗子，说时迟那时快，扑上去一爪子按住，一口就吞了下去。

这时候，国王又正巧经过，望见妖魔的城堡十分壮观，就想进去瞧瞧。猫爷听见车驾驶上吊桥隆隆的声响，跑着迎上前去，对国王说道：

"欢迎陛下光临卡拉巴侯爵城堡。"

"怎么，侯爵先生，"国王高声赞道，"这座城堡也是您的？庭院周围所有这些建筑真是太美了，无可比拟。来吧，进去看看室内的陈设。"

侯爵搀扶着公主，跟随国王进入大厅，厅内已经摆好丰盛的宴席，那是妖魔为今天应邀而来的朋友准备的，而那帮朋友得知国王在城堡里，谁也不敢进去了。

国王同他那痴情爱上侯爵的女儿一样，特别赏识侯爵的出众人品，又看到他拥有的巨大财富，于是对酌五六杯酒之后，便对他说道：

"侯爵先生，您能否成为我的乘龙快婿？这件事现在只取决于您本人的意愿了。"

侯爵起身，深深施礼，欣然接受了国王的这份美意，当天晚上，他就与公主完婚了。

猫爷变成一位真正的爷台大佬，若再追追耗子，就只是想寻开心了。

小·红帽

　　从前有个乡村小姑娘,当地就没有人比她的模样更俊秀,于是她不仅受到母亲的宠爱,而且更受到外婆的加倍宠爱。

　　外婆给她做了一顶小红帽,戴在头上特别合适,于是村里人都叫她"小红帽"。

　　有一天,小红帽的母亲做了烘饼,她对小红帽说:

　　"去看看你外婆,听说她病了。给她带去一张烘饼,还有这一小罐黄油。"

　　小红帽立刻动身去看望住在邻村的外婆。

　　穿过一片树林时,她遇见一只大灰狼。大灰狼恨不得一口吃掉小红帽,但是还不能,因为林子里有几个樵夫正在砍柴,于是大灰狼便问小红帽要去哪儿。

　　可怜的孩子还不知道半路停下脚步,跟一只狼说话有多危险。她告诉大灰狼:

　　"我去看望外婆,妈妈要我送去一张烘饼和一小罐黄油。"

"外婆住得远吗?"大灰狼又问。

"嗯,远啊!"小红帽回答,"您瞧那边,那座磨坊过去后,村子里的第一户人家就是。"

"好哇,"大灰狼说,"我也要去看看外婆:我走这条路,你走那条路,看咱俩谁先赶到。"

大灰狼挑的是最近的路,他用尽全力跑去;小红帽走的是最远的路,她边走边玩,摘榛子、追蝴蝶,还采路边的小野花做了花束。

不大工夫,大灰狼就赶到外婆家,心急地敲门,"咚!咚!咚!"

"是谁呀?"

"是您的外孙女小红帽啊!"大灰狼模仿小红帽的声音回答,"妈妈让我给您送来一张烘饼和一小罐黄油。"

外婆身体不舒服,正躺在床上,就高声说:"拔下小销钉,门闩就落下来了。"

大灰狼拔下销钉,房门果然开了,当即就扑向外婆,迫不及待地一口把她吞了下去,因为他已经三天没进食了,然后,大灰狼关上门,躺在外婆的床上等待小红帽。

过了一阵子,小红帽敲门了,"咚!咚!咚!"

"是谁呀?"

小红帽听到的是一个粗嗓门,先是怕得很,但随即又想:这是外婆感冒的缘故。她就回答:

"是我呀,您的外孙女,小红帽。妈妈让我给您送来一张烘饼和一小罐黄油。"

大灰狼尽量把声音放柔和些,高声说道:

"拔下那根小销钉,门闩就落下来了。"

小红帽拔下销钉,房门就开了。

大灰狼见小红帽进屋，便躲进被子里，说道：

"你把那烘饼和黄油就放在箱子上吧，过来跟我躺在一起。"

小红帽脱掉外套，上床躺下。她特别奇怪，心想：外婆脱掉衣裳怎么会是这副模样？

"外婆,您的手臂好长啊!"

"长手臂更适合拥抱你呀,我的孩子!"

"外婆,您的腿好长啊!"

"腿长能跑得更快呀,我的孩子!"

"外婆,您的耳朵好大啊!"

"耳朵大能听得更清楚呀,我的孩子!"

"外婆,您的眼睛好大啊!"

"眼睛大能看得更清楚呀,我的孩子!"

"外婆,您的牙齿好长啊!"

"牙齿长就是要吃你呀!"

大灰狼说着,就扑向小红帽,将她吃掉了。

(译者注:小读者不必为小红帽和她外婆的性命担心了,我忘记在什么地方见过一种版本,结局是大灰狼被樵夫捉住,剖开肚子,救出了小红帽和她外婆。)

林中睡美人

从前,有一位国王和一位王后,因为没有生育子女而发愁,终日苦不堪言。他们沐浴遍了天下的生育泉;又是许愿,又是朝香,又是频频祈祷,什么办法都用上了,全都无济于事。

没曾想天从人愿,王后终于怀孕了,生下一个女婴。为公主洗礼的仪式特别隆重,全国所有的仙女(共七位)都被邀请来了,共同担任小公主的教母。按照当年的习俗,每位仙女都要送给小公主一种天赋。正是通过这种办法,小公主具备了理想的全部天资。

洗礼仪式完毕后,所有贵客回到王宫,那里已经摆好盛宴来款待仙女们。每位仙女面前都摆放着一套精美的餐具:一只厚重的金盒里放着一只汤匙和一副刀叉,都是纯金制品,镶嵌了钻石和红宝石。

宾主正各就各位的时候，忽然一位老仙姑不请自来。只因她五十多年没有走出古塔，人们都以为她不是亡故，就是中了魔法，所以这次并没有请她前来。

国王忙命人安排座位，却再也拿不出同样餐具给她用，因为那是为七位仙女定制的。老仙姑认为怠慢了她，嘴里咕咕哝哝发出威胁。坐在她旁边的一位年轻仙女听见了，便料定她在打什么鬼主意，赋予小公主一种不好的命运，于是就在宴席结束时，先躲到一道帏幔后面，以便最后一个献礼，尽可能抵消老仙姑使坏的法术。

仙女们纷纷给小公主送贺礼。最年轻的仙女赠送美丽，让公主出落成世间最美的姑娘；第二位仙女赠送天使般的智慧；第三位仙女赠送优雅的风度；第四位仙女赠送曼妙的舞姿；第五位仙女赠送夜莺般的歌喉；第六位仙女赠送可以完美演奏各种乐器的天资。

轮到老仙姑了。她未待开口，就摇头晃脑，那样子主要是太怨恨，而不是太老，她诅咒公主将来要因为被纺锤刺破手指而丧命。

这份可怕的赠礼让举座不寒而栗，无人不垂泪。这时，之前躲到帏幔后面的年轻仙女走出来，朗声讲了这番话：

"国王与王后，请放心，你们的女儿绝不会这样丧命。不错，虽然我的法力不足以完全破除这位前辈的咒语——纺锤将刺破公主的手指，但不会致命，公主仅仅沉沉入睡，一百年后，将有一位王子前来把她唤醒。"

为了避免老仙姑诅咒的不幸事情发生，国王颁令，全国上下严禁用纺锤纺线，家中也不得私藏纺锤，违令者处死。

过了十五六年，有一天，国王和王后前往他们的一座行宫，年轻的公主就在宫中闲逛，从一个房间跑到另一个房间，最后登上宫堡主塔顶层，看到一间陋室里，有一位老婆婆正在纺线。这位老婆婆根本没有听说过国王曾颁令禁止用纺锤纺线。

"老婆婆,您做什么呢?"公主问道。

"我在纺线,美丽的孩子。"老婆婆不认识公主,这样回答。

"唔!真有意思!您是怎么做的?让我试试,看我能不能干得同样好。"

公主有点冒失,动作太急切,更何况早有老仙姑的诅咒,她刚一接过纺锤,就被上面的尖头刺破手指,当场晕倒了。

老婆婆一下子慌了神,高呼救命。从各处跑来许多人,大家急忙救护,往公主脸上洒清水,解开她胸衣的系带,拍打她的手掌,还用匈牙利皇后花露水抹在她的太阳穴上,可是用尽了各种办法,都未能使公主苏醒。

国王听见喧嚷,也登上楼来。他忆起仙女们的预言,便认为此事在所难免。他命人将公主移到宫中精美的套间中,安放在金丝银线织成的锦绣床铺上。公主依旧特别美,宛若天仙,昏迷状态丝毫无损于她那鲜艳的肤色。她的面颊红润如初、嘴唇红如珊瑚。尽管双目紧闭,但是轻微的呼吸声却表明她并没有死去。

国王命令，直到公主苏醒的时刻到来前，就让她这样安睡。

且说那个拯救了公主的性命，罚以沉睡百年的善良仙女，此时正远在一万两千法里（一法里合四千米）的玛塔干王国。一个小矮人脚踏七里靴（穿上这双靴子，一步能跨七法里），疾如星火去见仙女，向她报告了公主发生意外的消息。仙女立即启程，乘坐几条龙驾驶的火焰车，一小时就赶到了行宫。

国王迎上前去，伸手搀扶仙女下车。仙女称许国王所做的全部安排，不过，仙女更有远见卓识，已然想到，公主一旦醒来，发现这么大的城堡里，只有她孤零零一人，就会陷入极度的困境，于是便施法补救。她举起仙杖，指点这座城堡中的一切（国王与王后除外）：女官、侍从女伴、使女、绅士、侍从武官、御厨总管、厨师、帮厨、童仆、卫士、雇佣兵、少年侍从、仆役等；她也指点了马厩中的全部马匹和马夫，饲养场里的守护犬以及公主的爱犬——趴在床上主人身边的小布弗。仙杖所指到的一切，无不进入睡眠状态，一直到与公主一起醒来，以便公主需要时上前服侍。烤扦上满是山鹑和野鸡，同下面的炉火一起，也都进入睡眠状态。整场的幻变，只发生在一瞬间。仙女施法，从不拖拖拉拉。

国王和王后吻别了沉睡不醒的爱女后，就离开城堡，昭告全国，严禁任何人接近这座行宫。其实，这种禁令多此一举，因为只一刻钟，园子四周就长出高低错落的树木，茂密成林，荆棘丛生，枝条交错，藤蔓缠绕交织，密不透风，人畜都绝难通过，只能远远望见宫堡的塔尖。自不待言，这也是仙女施展的法术，以保证公主在沉睡中不受好奇者的惊扰。

弹指一挥间，一百年过去了。

现在统治这个国家的是另一个家族，王子到这一带打猎时，望见茂密森林中的塔尖，询问那是什么去处，每个人回答的都是道听途说。一些人称，那是精灵出没的古

堡；另一些人则认定那是巫魔的巢穴，夜晚总是群魔乱舞；最通俗的说法却是古堡里住着一个吃人的妖怪，四处抓小孩，带回那里畅快地享用。他的行踪没人追得上，除了他，谁也没法穿越这片丛林。

王子难以定夺，不知该相信哪种说法。这时，一个老农说话了，告诉他："王子殿下，五十多年前，我就听父亲说过，那城堡里住着世间最美的公主，她必须沉睡一百年，等待一位王子把她唤醒。"

年轻的王子闻听此言，顿时感到浑身升腾一股火热的激情。他毫不迟疑，确信要由他给这段佳话添上完美的句号。他备受爱情和荣誉的鼓舞，决意当即前往探个究竟。刚向密林走去，所有大小树木、荆棘和藤蔓都自动闪避到两侧，为他让路。他行进在大道上，尽头便矗立着城堡。他颇为诧异，不见一个随从跟在身后，原来闪开让路的树木，一待他过去便合拢了。他继续前进，一个受爱情驱动的年轻王子，向来是无所畏惧的。

王子跨入城堡宽敞的前院，眼前的景象乍一见令他不寒而栗。周围寂静得令人毛骨悚然，死亡的景象处处呈现，满目所见，尽是躺在地上的人和牲畜的躯体，仿佛全死了，不过，再仔细观瞧，他看出那些雇佣兵脸色红润，鼻翼上长着青春痘，他们只是在睡觉，酒杯里残存的酒底足以表明他们在喝酒时睡着了。

王子又穿过一个大理石铺地的大庭院，登上楼梯，走进警卫室，看见卫士们虽然持着枪，队列整齐，但是无不在呼呼大睡。他又走过了好几个厅室，里面全是女官和绅士，站的站、坐的坐，也都同样在酣睡。

最后，他走进一间金碧辉煌的卧室，从未见过这样美的场景：床帏四面都拉起来，床上躺着一位公主，有十五六岁，明艳照人，仿佛圣洁之光的化身。王子被惊艳到了。他战战兢兢走上前，跪在她的身边。

恰巧这时，魔法解除了，公主苏醒了，她以初次见面所不应有的深情的目光注视着王子，对他说道：

"是你吗，我的王子？让您久等了。"

王子听了这话，喜不自胜，尤其公主说话的方式特别让他着迷，一时间他不知该如何向公主表达自己的欢欣和感激之情。他要公主确信，他爱她胜过爱自己，然而，他说的话不够漂亮；热情有余，口才不足，但这反而更讨公主喜欢。

王子比公主显得更为拘谨，这并不奇怪：公主从容地思考过，她见到王子应该怎么说，因为显而易见，在这么长久的睡梦中，善良的仙女们乐得给她托了不少美梦。总之，二人促膝交谈了四个小时，但彼此要倾吐的心里话，却还没有说出一半。

这时，整个城堡都跟随公主苏醒了，人人都想到自己的职责，他们一百年没有吃饭了，简直饿得要命，侍从女伴像其他人一样急不可待，高声对公主说："烤肉已经做好了。"

王子搀扶公主起床。公主已经穿戴好了，衣裙十分华贵。不过，王子心中暗道，她的衣着款式类似他的祖母，都同样高高竖起皱领，但是这无损于她的美丽。

二人走进镜子大厅，坐下用餐，一旁服侍的则是公主的侍从。小提琴和双簧管演奏起古典乐曲，非常优美动听，尽管将近一百年没有演奏过了。

餐后，刻不容缓，城堡神父就在礼拜堂为公主和王子举行了结婚仪式。城堡上下人等齐来祝贺。新婚夫妇睡得很少，尤其是公主，并不缺睡眠。第二天一早，王子就告辞回城，想到父王一定替他担心。

王子对国王说自己打猎时在森林里迷了路，在烧炭工的茅屋里过夜，烧炭工给他吃了黑面包和奶酪。国王是个厚道人，相信儿子说的话，而王后却半信半疑，注意到王子几乎天天去打猎，甚至在外面一连逗留两三天，回来总有说辞求得谅解，由此她

断定，儿子有了情人。就这样，王子与公主一起生活了两年多，生了两个孩子，大的是女儿，取名晨曦；小的是儿子，取名阳光，因为弟弟的长相比姐姐还要美。

王后多次问儿子，要他说明白，还表明人生必须知足，然而她从来就不敢说出自己的秘密：她属于食人族，王子爱她，却又怕她，当初国王娶她，是看中了她的大批财富。有人甚至在王宫里私议，王后还保留了食人族的偏好，看见小孩子走过，就得抑制扑上去的冲动，因此，王子始终不愿向她透露一点口风。

过了两年，国王去世，王子继位成为国王。他公布了自己的婚姻并举行盛大仪式，亲率仪仗队去城堡迎回他的妻子。进入皇宫的场面非常隆重，大家热烈欢迎王后和她的两个孩子。

过了不久，国王要率兵马同邻国冈塔拉布特皇帝交战。整个夏季，他都要在战场上度过，将王国的摄政大权交给太后，并且嘱托她照顾好他的妻子和儿女。

国王一出征，太后立即派人将王后和

两个孩子送到林间的乡居中,这样可以更方便餍足她那骇人的欲望。

不过数日,太后就来到乡居。一天晚上,她对膳食总管说:

"明天的正餐,我要吃小晨曦。"

"啊!太后……"膳食总管不免迟疑。

"我就是好这口,"太后说道。她讲这话,完全是食人魔想吃小鲜肉的腔调,"吃的时候,还要给我配上罗贝尔浇汁。"

可怜的膳食总管明白,跟一个食人魔开不得半点玩笑。于是他抄起大尖刀到楼上去找小晨曦。她已四岁了,一见他就笑着扑上去搂住他的脖子,问他要糖果。膳食总管忍不住流泪了,大尖刀从手中滑落。

于是,他转身去饲养场,宰了一只小羊羔,然后还调制了极鲜美的浇汁,太后吃着连声称赞。她从未吃过如此美味的菜肴。膳食总管趁太后享用的工夫,抱走小晨曦,交给自己的妻子照看,将她藏在饲养场最里端的自己家中。

过了一个星期，凶残的太后又对膳食总管说：

"明天晚餐，我要吃小阳光。"

总管也不分辩，决定像上次那样欺骗太后。他去寻找小阳光，只见他举着一把花剑当武器，正跟一只大马猴交手。要知道，他只有三岁。总管抱走孩子，交给他妻子，就同小晨曦藏在一起。代替小阳光的是一只鲜嫩的小山羊，食人魔吃了后觉得味道极佳。

至此，事情还算顺利，然而，一天晚上，凶残的太后又对总管说：

"这回，我要吃王后了，还是配上吃她孩子的浇汁。"

可怜的总管没辙了，再也没法儿欺瞒她了。年轻的王后已经二十多岁，还不算她沉睡了百年：她的皮肉恐怕有点儿老了，尽管又美丽又白净。到饲养场里，如何找到一只肉质相当的动物来替代呢？

他要保命，只好下决心杀掉王后，于是上楼进房间，意欲果断一些，要一举得手。他极力狠下心来，手持匕首，闯进年轻王后的房间，但是，他不愿意搞突然袭击，还是恭恭敬敬地向王后讲了他接到了太后的旨意。

"您就执行吧，"王后对他说，同时，伸过脖子去，"执行下给您的旨意。我正好上路，又能见到我的孩子了，我那么疼爱的那两个可怜的孩子啊！"

自从两个孩子被带走了，没有向她透露一点儿消息，王后真以为他们已经不在人世了。

"不，不，王后，"可怜的膳食总管心又软了，回答说，"您绝不能死，您要见亲爱的孩子，上黄泉路见不到，我把他们藏在我家里了。这回我还要骗过太后，杀一只小鹿给她吃。"

他当即带王后到自己家中，让王后抱着孩子尽情哭泣，而自己则抽身去烹制鹿肉。太后晚餐吃的鹿肉，就好像咽下去的是王后的肉，让她胃口大开。

如此残忍，她好不得意，而且还准备好了说辞，国王一回来就告诉他："王后和两个孩子被恶狼吃了。"

一天傍晚，太后像往常那样，在院子和饲养场里溜达，就想闻闻生肉的气味。她突然听见一间矮房里传出小阳光的哭声：他因太闹而受他母亲——王后的责罚，而且还听见小晨曦为弟弟求情之声。太后听出正是王后和她两个孩子的声音，心知受了蒙蔽，不由得怒火中烧。

第二天一早，太后就吼叫起来，可怖的声音让所有人战栗，命人抬来一只大桶，放在院子中央，还命人往桶里装了大量癞蛤蟆和蝮蛇、水蛇等各种毒蛇。她已下令，将王后和她的孩子还有膳食总管夫妇和女仆统统反绑双手，押到院中，要将他们一个一个扔进大桶里。

他们全被带了上来，刽子手正要动手，忽然，国王骑马冲进院子，出人意料地回来得这么早。他前来视察，看到这种骇人的场面，十分惊诧，高声责问这是要干什么。当场谁也不敢报告国王，太后见事已至此，气急败坏，就一头扎进大桶中，片刻间就被她下令放在桶里的那些毒物给吞食了。

国王难免一阵痛心，毕竟那是他的母亲，不过，同他美丽的妻子和儿女一起生活，他的心情很快就得到了宽慰。

蓝胡子

从前有一个富人,在城里和乡村拥有多处住宅,家里用的是金银餐具,陈设着雕花家具,还有几辆镀金的马车。他却不幸长了一把蓝胡子,样子就显得特别丑陋,特别凶残,但凡姑娘和少妇,一见他就远远避开。

他的邻居中有一位高贵的夫人,身边有两个如花似玉的女儿。蓝胡子富人就去求婚,由那位夫人挑一个女儿嫁给他。可是,两个姑娘都不愿意,相互推来推去,谁也不肯嫁给长蓝胡子的人。另外,还有更加令她们讨厌的情况:此人已经娶了好几个妻子,如今都下落不明。

蓝胡子意欲同她们结交,就带上她们母女三人,还邀请贵夫人的三四位女友以及几个年轻的邻居,一道去他的一处乡间别墅游玩。他们在那里整整住了一星期,终日就是游逛、打猎、钓鱼、跳舞、宴饮、吃夜宵,通宵达旦地寻欢作乐,玩儿出各种花

样来。总之,大家玩得特别尽兴。临了,贵夫人的小女儿眼光变了,开始觉得别墅主人的胡子不那么蓝了,而且为人相当正派。一回到城里,他们就结婚了。

一个月之后，蓝胡子告诉妻子，他必须去一趟外省，办一件要事，行期至少半年，让妻子在他外出期间尽情玩乐休闲，可以随意邀请好友来家里做客，也可以带她们去乡间别墅游玩，如果她愿意，所到之处，都有美味佳肴款待。

"这是两间大家具储藏室的钥匙，"他交代妻子，"这是平日不用的金银餐具柜的钥匙；这是我那保险箱的钥匙，里面装满金币和银币；这是珠宝匣的钥匙，里面装的全是宝石；这把是万能钥匙，能打开每个房间的房门。另外，还有这把小钥匙，是底层大走廊尽头那个小房间的。任何房间，你都可以随意打开房门进去，唯独那个小房间例外，不准进去！如果你一意孤行，打开了那个小房间的门，等待你的，只能是我的雷霆之怒。"

妻子保证，自己会不折不扣，完全按照蓝胡子的嘱咐去做。蓝胡子吻别了妻子，登上马车启程了。

好友们单等新嫁娘发出邀请，好去蓝胡子的家里开开眼，她们早就急不可待，但是丈夫在家时不敢来，就怕见他那蓝胡子。

好友们一登门，便忙不迭参观一间比一间漂亮的卧室、书房、衣帽间。接着，她们又上楼走进家具储藏室，这么多精美的东西，数不胜数，眼睛都不够用了。地毯、床铺、沙发、大立柜、独脚茶几、各式各样的桌案，能从头到脚照见人的穿衣镜，镜柜有的镶着玻璃，有的则镶银镀金。这些物品极其美观，极其华丽，看得她们眼花缭乱，惊叹赞赏不已，也无比羡慕她们这位朋友的福气，可是，欣赏这些财富，新嫁娘觉得还不过瘾，心里急切想去打开楼下的小房间。

受好奇心的驱使，她顾不得失礼就丢下客人，着急地从一道暗梯冲下楼去，有两三次险些失足摔断脖颈。

她赶到小房间门口才想起丈夫的禁令,不免犹豫了片刻,心想:如果违背了丈夫,就很可能招致不幸,可是,小房间的诱惑力太大,她终难抵御。她还是掏出了那把小钥匙,哆哆嗦嗦地打开了小房间的门。

起初,她什么也没有看见,窗户全关着,房间里黑乎乎的。过了片刻,她才渐渐看出地板上血迹斑斑,血光中映现出沿墙根绑着好几具女人尸体:那全是蓝胡子的前妻,一个个全被他杀害了。

她简直吓死了,刚从锁孔里抽出来的小钥匙,也从手中掉落了。

她稍定了定神,拾起钥匙,重新锁上房门。她上楼回到自己的卧室,想稳定一下自己的情绪,然而,她所受到的刺激太强烈,怎么也平静不下来。

她注意到,小房间的钥匙沾了血迹,擦拭了两三次,怎么也擦不掉,洗也洗不净,用细沙磨、用泥土搓,也都不顶用,血迹根本弄不下去。这是一把魔法钥匙,根本无法弄干净:这一面上刚除掉的血迹,又呈现在另一面上。

蓝胡子当天晚上就返回家中,他说途中收到信件,得知他要去打的官司已经胜诉了。他的妻子使出浑身解数,向他表示见他这么快归来,她有多么喜出望外。

第二天，蓝胡子要她交回钥匙。她交还钥匙的时候，手抖得特别厉害。蓝胡子当即明白出了什么事，他问道：

"那把小房间的钥匙呢，为什么不和这些钥匙一起交回来？"

"我一定是撂在楼上房间的桌子上了。"

"那就马上去给我拿来。"蓝胡子说道。

她磨蹭了好半天，才把钥匙拿给他。蓝胡子看了一眼，对妻子说：

"钥匙上怎么会有血迹？"

"不知道。"可怜的妻子回答，脸色变得比死人还苍白。

"你不知道？"蓝胡子接口说，"哼，我倒知道：你就是想进那个小房间。好哇！夫人，你就进去吧，到你瞧见的那些夫人堆里，找你的位置吧。"

妻子扑通一声，跪倒在丈夫的脚下，痛哭流涕，恳求丈夫宽恕她的罪过：她这样一个美人，因没有听丈夫的话而痛心疾首，真诚悔罪，足以打动岩石，然而，蓝胡子的心肠比铁石还坚硬。

"你该死了，夫人。"蓝胡子对她说，"这就死去。"

"既然非死不可，"她泪眼汪汪看着他说，"那就容我点时间向上帝祈祷吧。"

"给你半刻钟，"蓝胡子回答，"多一分钟也休想。"

妻子独自离开，招呼她姐姐，对姐姐说：

"安娜姐姐，求你快上楼，到塔楼顶上望一望，我那两个哥哥来了没有。本来说好的他们要来看我，如果望见他们，你就招手催他们快来。"

安娜登上塔楼顶，可怜的妹妹不时就问她一声：

"安娜，安娜，姐姐，姐姐，望见他们了吗？"

安娜回答："我只看见太阳洒下的光芒，青草绿油油一片。"

这时,蓝胡子举着一把大砍刀,冲他妻子吼道:

"快给我下来!要不我就上楼去啦!"

"求求您,再等一会儿。"妻子回答。

她立刻又轻声招呼:"安娜,安娜,姐姐,姐姐,没望见来人吗?"

安娜姐姐仍旧回答:"我只看见太阳洒下的光芒,青草绿油油一片。"

"快点儿下来,"蓝胡子又嚷道,"不然我就上去啦!"

"这就来!"妻子回答。

随即她又轻声招呼:"安娜,安娜,姐姐,姐姐,没看见什么吗?"

"看见了,"安娜姐姐回答,"一大团尘土翻滚而来。"

"是我哥哥吗?"

"唉!不是,妹妹,那是一群羊。"

"你还不肯下来吗?"蓝胡子嚷道。

"等一小会儿!"他妻子回答。

随即她又轻声招呼:"安娜,安娜,姐姐,姐姐,没望见来人吗?"

"看见了,两个人骑马跑来了,还挺远呢……谢天谢地!"

稍过一会儿,安娜又嚷道:"正是两个哥哥。我狠命招手让他们过来。"

蓝胡子这时吼声如雷,震得房子都颤动了。可怜的妻子只好下去,披头散发,扑倒跪在他脚下,苦苦哀求。

"这一点儿也不顶用了,"蓝胡子说道,"该死就得死!"他随即一把揪住她的头发,另一只手扬起大砍刀,就要朝她的头砍下去。可怜的女人转过头,用垂死的目光注视他,恳求容许她沉思片刻。

"不行,不行!"蓝胡子说道,"你去求上帝吧……"他举起手臂。

恰好这时,有人撞击大门,咚咚如山响,蓝胡子戛然住手。有人打开大门,从门外进来两名骑手,各自举剑,径直冲向蓝胡子。

蓝胡子认出那是他妻子的两个哥哥,一个是龙骑兵,一个是火枪手。蓝胡子见情况不妙,撒腿就跳。两名骑手紧追不舍,未待他踏上楼前台阶,两把长剑就刺穿了他的胸膛,蓝胡子当场毙命。

可怜的女人,几乎像她丈夫那样昏死过去,她想要拥抱她那两个哥哥,连站起来的力气都没有了。

蓝胡子没有子嗣,他妻子便成为他的全部财产的主人。她拿出一部分财产,给安娜姐姐当嫁妆,成全姐姐与一位年轻绅士相爱已久的美事。另外,她还拿出一部分财产,为两个哥哥买了上尉军衔。余下的财产,她就用来自己结婚,这次的丈夫是个老实厚道的人,使她渐渐淡忘了在蓝胡子身边度过的噩梦般的日子。

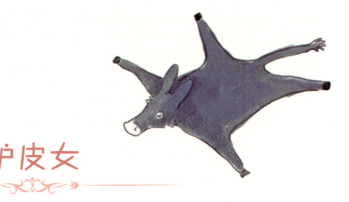

驴皮女

从前有一位国王，非常伟大，极受臣民的爱戴，也极受邻国与友邦的敬重，可以算是天下最幸福的国王了。

他幸福的另一个主要原因就是娶了一位美丽又贤淑的公主。他们真是一对幸福的夫妻，过着和和美美的生活。他们生了一个女儿，无比灵秀又无比可爱，虽不是儿女成群，却也丝毫没有遗憾。

王宫富丽堂皇，一派高品位和丰盛的气象。大臣明智、干练，各级官员廉洁奉公、品德高尚，仆役忠心耿耿、勤勤恳恳。马厩特别宽敞，满是世间最好的骏马，都披着华丽的马衣，不过，外国宾客来观赏这些骏马时所感到惊诧的却是：马厩最显要的位置却挺立着一头驴，竖着两只长长的大耳朵，一副十足的驴大咖派头。在这独特的优越位置上安置一头驴，国王自有道理，并非随心所欲，只因这头珍奇的牲口天生有一种非凡的能力，受这样优待当之无愧。给它铺的干草，每天早晨非但不脏，还在阳光下闪闪发亮，全部化为各种各样金币和银币，等驴醒来时，众人就去拾取。

然而，无论国王还是老百姓，在生活的路上都会遭遇沟沟坎坎，难免有坏事纠缠。老天降祸：王后突然患了重病，全国大夫都来施展高超的医术，却没有任何疗效。

王宫里弥漫着悲哀的情绪。国王天生多愁善感，遭受这场极端不幸的打击，伤痛不已。他去王国所有寺院中许下心愿，祈求神明保佑，宁愿用自己的生命换回妻子的生命，然而终归徒劳，神明和仙女都没有显灵。

王后感到临终的时刻来了，就对她那涕泪涟涟的丈夫说道：

"我死之前，要求您答应一件事，就是您若想再娶……"

国王听了这话，就可怜巴巴地叫起来。他握住王后的手，眼泪滴落在她手上，他向王后保证，绝不可向他提起再婚之事。

"不，不，亲爱的王后，"国王说，"不如让我跟随你一起走吧。"

"以国家为重！"王后语调坚定，这越发增加了国王对她的疼惜。

"国家一定要有继承人，我只给您生了个女儿。而国家却需要像您这样的儿子，但是看在多年您对我的情分上，我请您务必答应，在臣民关切的催促下，您只有找到一位比我更美丽、更端庄的公主，才可以接受民意。我要您发下这样的誓言，这样我就是死也能瞑目了。"

据此推想，王后不乏自尊心，她让国王立下这样的誓言，是自信这世间没人比她美丽吧，心想，这样就确保国王永远不可能再结婚了。

王后最终去世了。承受丧妻之痛的国王，从来没有闹腾得这么凶过，日夜悲恸呼号。这是鳏夫小小的权利，成为他终日唯一做的事。

巨大的悲痛不会持续多久，况且，全国的显要人物也聚首商议，一同前来恳求国王续弦。一听到这种建议，他又触到痛处，不由得泪如泉涌，讲了他曾向王后发下的誓言，而且这些谋臣全算上，谁也找不到比他的亡妻更美丽、更端庄的公主了，心想，再婚之事根本就不可能。

然而，群臣却把这类保证视为戏言，他们说挑选王后，美貌是次要的，主要看其品德是否高尚，是否有生育能力。国家一定要有王子，才能长保国泰民安；至于公主，虽确实具备各种天资，能成为一位伟大的女王，可是，她必然挑选一个外国人为夫婿，那样一来，那个外国夫婿就可能带她回国，即使留下来协助女王统治国家，所生的孩子血统不纯，国家就没有本姓王继位了。那个国家若向我国发动吞并战争，有可能会导致王国毁灭。

国王听了这番言论，震惊之下，答应考虑满足他们的请求。

他果然开始物色中意的人选了，每天都会接到几幅待嫁公主可爱的肖像，可是无一不逊于已故王后的仪容，因此，他始终犹豫不决。

不料出现了大麻烦，国王忽然发觉小公主——他的女儿，不仅美若天仙、秀色可餐，而且智慧和魅力也远远超过了她的母后。她年轻，鲜艳的肤色清新喜人，从而点燃了国王的欲火，而且燃烧得特别凶猛，已经瞒不住了。于是，他向公主表明已决定娶她，唯独她能使他摆脱誓言的束缚。

小公主满脑子品性和廉耻，一听这种骇人听闻的提议几乎要晕过去。她双膝跪倒在父王的脚下，全力搜寻头脑里装的情理道义，恳求他不要逼迫她犯下这等罪过。

国王这个怪诞的念头盘踞在脑袋里不散，他去求教了一个老祭司，以便能打消公主良心上的顾虑。这个老祭司多了几分野心，少了几分虔诚：他一味谄媚，要博得一个伟大国王的信任，不惜牺牲一位少女的贞操。他巧言令色，曲意逢迎，对国王即将

犯下的罪行轻描淡写，甚至说服他相信娶自己的女儿等于做了一件善事。

国王受了这个恶人的怂恿，如梦初醒，欢喜得拥抱了他。国王从老祭司那里回来后便铁了心，命令公主做好准备，服从他的安排。

年轻的公主悲愤不已，想来想去，只好去找她的教母丁香仙女。说走就走，当晚她就动身了，乘坐着美丽的双轮车，拉车的大绵羊轻车熟路，很快就顺利到达了教母的住处。

丁香仙女很喜爱公主，听了她讲述的情况，号称全部了解，告诉公主丝毫不必担心，只要老老实实按照她的嘱咐去做，就不会受到任何伤害。

"要知道，我亲爱的孩子，"仙女对她说，"嫁给自己的父亲，那可是天大的罪过，但你可以避免，又不必直接对抗。你回去就对你父亲说，你有个奇特的念头——要求他给你做一条跟天空色一样的连衣裙。无论他的爱有多深，权力有多大，怎么也不可能做出那样的连衣裙。"

公主感谢丁香仙女的指点。第二天早晨，她就对父王讲了丁香仙女教给她的话，而且还明确表示，如果她拿不到天空色的连衣裙，别人也休想得到她的任何许诺。

公主总算给了他希望，国王喜出望外，立即召集全国最有名的工匠，向他们定制这条连衣裙，号称如果不能按照规定的条件制作出来，就把他们通通绞死。

其实，国王倒不必如此多虑，规定这等极端的条件。因为第二天，工匠们就送上连衣裙。国王展开来一看，那种湛蓝色美极了，相比之下，蓝天上即使飘着金色的云彩，也要显得逊色。

公主见了连衣裙便忧心忡忡，一时没了主意，陷入窘境。国王催促她给个准话，她无奈又去向丁香仙女求救。

丁香仙女得知她的绝招儿没有奏效，不免感到惊诧，于是又让公主再要求国王做

一条月色连衣裙。

国王不能拒绝公主的任何要求，于是就派人寻找最灵巧的工匠，让他们火速赶制一条月色连衣裙。很快，新制的连衣裙送来了，总共不过二十四小时。

公主喜爱这件华美的连衣裙，远远胜过父王所献的殷勤。可是，她一回到使女和奶妈身边，又陷入无穷无尽的苦恼中。丁香仙女无所不知，就来给公主排忧解难了，她对公主说："我认为，假如我估计得不错的话，您若是要求国王做一条太阳色连衣裙，肯定就会难住他，因为这样一件连衣裙，永远也不可能被制作出来，就算能制作出来，至少也为我们争取了一些时间。"

公主认为这话有道理，便向国王提出了这个要求。国王为了娶她，拿出什么都在所不惜，他从王冠上取下全部钻石和红宝石，以便完成这件杰作，他还下令，什么都不要吝惜，做出的这件连衣裙必得能与太阳相媲美。结果不出所料，这件连衣裙一展示出来，在场的人无不晃花眼睛，赶紧闭起来：灿烂的金光太强烈了。正是从那时候起，世人才开始戴墨镜，选用绿色和黑色的镜片。

公主见了这样的连衣裙，会有什么反应呢？她从来就没有见过如此精美又如此巧夺天工的衣服。她惊讶得半晌无语，继而推说伤了眼睛，抽身躲进了自己的房间。

丁香仙女正在房间里等着公主，她实在羞愧难当。更加糟糕的是，一见到太阳色的连衣裙，她立刻气得涨红了脸。

"我的孩子，"她对公主说道，"这回，我们要让您父王可耻的爱情接受一场严峻的考验。我认为他一定会坚持这桩婚事指日可待了。那好，您再对他提出一个要求，准会让他不知所措：那头驴给他带来大量金钱，他喜爱得不得了，而您就要驴的那张皮，去吧，您就对他明讲，要那张驴皮。"

公主满心欢喜，又有了新办法可以摆脱她厌恶至极的婚事。她想，这回要那头驴的命，她父亲肯定舍不得。

对女儿不可思议的要求，国王尽管万分惊讶，但还是毫不犹豫地满足了她的心愿，牺牲掉可怜的驴子，殷勤地献上了驴皮。

公主见状，再也无法逃避不幸的命运，不由得悲痛欲绝，丁香仙女又及时赶来，瞧见公主正扯乱头发，用指甲抓伤面颊，就对她说道：

"您这是干什么呀，我的孩子？这正是您一生最幸福的时刻。您披上这张驴皮，离开王宫，踏上大地，能走多远就走多远：甘愿牺牲一切而守护贞操的人，就会得到神灵的报偿。是吧，我来打理您的梳妆宝奁，不管您走到哪里停歇，装着衣物和首饰的小箱子总会跟随您的脚步在地下潜行。我的这根仙杖给您，您需要的时候，就用仙杖敲敲地面，小箱子就会出现在您的眼前。好了，请您马上动身，不要再耽搁了。"

公主连连拥抱丁香仙女，恳求丁香仙女千万别丢弃她。她从壁炉里取出炭灰抹脏了脸，再披上丑陋的驴皮，神不知鬼不觉地离开了富丽堂皇的王宫。

公主失踪一事在王宫内引起一片混乱。国王本来正在派人筹备盛大的婚礼，内心的失落无法得到安慰，他一连派出上百名骑兵、上千名火枪手去各处寻找公主，然而公主因为得到丁香仙女的保护，多么机警的士兵也找不到她。

国王这样兴师动众，只图自我安慰。

这期间，公主在赶路。她越行越远，但从未停下脚步，也想找个歇脚的地方。尽管有人愿意施舍给她点儿吃的，但是嫌她太脏，没人肯收留她。她终于走进一座美丽的城市，城门口有一户农家，农妇要雇一个干粗活的女佣，帮她擦地板、清洗火鸡笼和猪食槽。农妇看到这个流浪的女孩浑身这么脏，就让她进屋了。公主满心欢喜地接受了：她走了很远的路，也确实累坏了。

农妇安置她睡在厨房最里端的角落里。起初几天，其他用人还跟她开粗俗的玩笑，只因她披着驴皮，显得又脏又令人恶心，不过，大家逐渐习以为常，况且她还特别勤劳，分配什么活儿都干得很好，于是受到了农妇的保护。

她去放羊，等羊群吃饱了再赶回羊圈；同样，她也赶火鸡去吃草，而且很会挑草地，让火鸡吃得好，就像一个放牧的老手。总之，她那双美丽的手干出来的活儿特别

出色。

　　公主常去一个清澈的泉边哀叹自己悲惨的生活。有一天，她坐在泉边想照一照自己的容颜。当她看到丑陋的驴皮和长耳朵取代了自己的发饰和衣着时，大吃一惊。这样一身打扮会令她感到羞愧难当，于是赶紧抛掉驴皮，洗净脸上和双手的污垢后，她的皮肤一下子变得比象牙还要白，又恢复了鲜艳的本色。公主看到自己如此美丽，一高兴就跳进泉水里洗了澡，然而，她若要回农妇家，还要披上讨厌的驴皮。

　　幸好第二天是节日，她可以从容地取出小箱子，打扮自己，美发、扑上香粉、穿上天空色的连衣裙。可惜房间太狭窄，美丽的长裙展不开。公主照镜子，很自然地欣赏着自己美丽的容颜，同时，她还下了决心，每逢节日和星期天，都这样解解闷，换上自己的漂亮连衣裙，此后她真的这样做了。另外，她还在秀发上戴了鲜花和钻石头饰，错落有致，那种美丽令人赞叹。

　　不过，她时常叹息，能见证她花容玉貌的，只有她的绵羊和火鸡，而这些绵羊和火鸡也同样喜爱她披上难看的驴皮的模样：在这家农场里，大家也都叫她驴皮女。

　　有一天正是节日，驴皮女穿上了太阳色的连衣裙。这家农场所属国家的王子打猎回来，经过农场歇脚。王子年轻英俊，一表人才，极受国王和王后的喜爱，也深受民众的爱戴。农场主人献上农家点心，王子接受了。吃完点心，他就去饲养场转转，走遍各个角落，踏入一条阴暗的小路，走到头，看见一扇关闭的房门。王子受好奇心的驱使，眼睛对着锁孔往里窥视。

　　王子惊诧到何等程度？他瞧见公主的容貌无比俊美，连衣裙也无比华丽，神态又高雅又谦和，真以为那是一位女神！此时此刻，他的内心有难以遏制的冲动，恨不得破门而入，只是碍于想要引起这位迷人的姑娘的尊重，不敢肆意妄为。

　　王子恋恋不舍地离开阴暗的小路，到处打听那间小屋的主人是谁。别人告诉他，那里住着一名干粗活的女佣，一个肮脏鬼，由于总披着驴皮，大家就叫她驴皮女。她浑身脏极了，没人愿意多看她一眼，也没人肯同她说话。主人只是出于同情才收留她，让她放牧，看管羊群和火鸡群。

王子不大相信人们提供的这些消息，认为这些粗俗的人所知甚微，再问也无益。他回到王宫中，越发坠入情网，眼前总浮现女神的美丽形象。那是他在锁孔里亲眼所见，真后悔当时没有闯进去，下一次绝不能错过机会了。

然而，王子热血沸腾，当天夜里就发起高烧，很快就病重了。王后唯有他这一个孩子，眼见什么药物都治不好病，不由得心痛欲绝。她向医生许下什么重赏都无济于事，他们的医术全使出来了，但就是治不好王子的病。

最后，医生们揣测出，王子这场大病，是要命的忧伤所致，他们提醒王后注意。王后温情脉脉地劝说王子讲出他的病因，哪怕是想要王位，他父王也情愿退位，毫无遗憾地让他登上宝座。如果他爱上了哪位公主，哪怕两国正处于交战状态，而且有充分理由谴责对方挑起战事，任何利益都可以牺牲，以求满足他的心愿。王后只是要求他不可轻生，因为他的性命也关系到父母的性命。

王后这番话感人至深，边讲边泪如泉涌，打湿了王子的面颊。

"母后，"王子声音微弱，终于对王后说道，"我还不至于那么邪恶，想要得到父亲的王位，但愿上天保佑他长寿，也让我长久地做他的最忠诚恭顺的臣民。至于您所说的公主，我还根本没有想到结婚！您完全清楚，我多么遵从您的意愿，而且，不管要我付出多大代价，我也要始终顺从您。"

"噢！我的儿啊，"王后又说道，"若能保住你的性命，我们怎么做都在所不惜，可是，我亲爱的儿子，你也得救救我的命，救救你父亲的命，明白告诉我，你渴望得到什么？放心好了，我一定满足你的愿望。"

"那好，母后，"王子说道，"我的心事，既然非得告诉您，我就遵命，否则我若危及父母的性命，罪过就太大了。是的，母亲，我想要驴皮女给我做一块蛋糕，做好了马上给我送来。"

这个怪名字，王后好不诧异，于是就询问谁是驴皮女。

"王后，是这样的，"一名侍从偶尔见过那个姑娘，他就应声说道，"她是最肮脏的畜生，比狼好不到哪儿去，一身黑皮肤、满身污垢，住在您的佃户农场，看管羊群和火鸡群。"

"这没关系，"王后说道，"我儿子打猎回来，也许吃过她做的糕点。这是病人的一个怪念头。总之，既然有驴皮女这个人，我就要驴皮女立刻做一块蛋糕。"

王后派差官赶到农场，让人叫来驴皮女，命令她为王子尽心做好一块蛋糕。

有人证实，在王子对着锁孔窥视的时候，公主也瞧见了他。随后，她又从小窗户望见了王子，看清他年轻英俊，一表人才，留下了深刻印象，常常回忆起来，不免叹息几声。

不管怎样，驴皮女见到过王子，或者听到了许多对他的赞扬，现在能有机会让王子认识自己，心里不胜欢喜，于是，她把自己关在屋里，抛掉难看的驴皮，洗净了手和脸，梳理好金发，穿上银光闪闪的美丽胸衣和同样色彩的便裙，开始制作王子渴望吃的蛋糕：她先取来精白面粉，调好鸡蛋和新鲜黄油。在制作蛋糕的过程中，或是有意，或是别有缘故，她手上一只戒指失落，和进了面团里。

蛋糕烤好了，她披上难看的驴皮，将蛋糕交给差官，还想打听点儿王子的消息，可是那人不屑于回答，带了蛋糕，赶回去向王子复命。

王子从差官手中抓过蛋糕，狼吞虎咽地吃了起来。在场的医生见状，都表示吃得这样猛可不是好兆头：果不其然，王子发现蛋糕中有一枚戒指，差点哽在喉咙噎死，好在，他又十分巧妙地吐出戒指，吃的劲头也减缓了。王子仔细审视这只精巧的绿宝石金戒指，上面的金箍小巧极了，他认为只有细小的美丽手指才能戴得上。

这枚戒指，他吻了上千次，就放在枕头下面，只要认为没人看见的时候就取出来把玩，如何才能见到适合戴这枚戒指的姑娘呢？如果说驴皮女应他的要求，做了蛋糕，他却不敢相信父母会同意把做蛋糕的姑娘召进宫来；他也同样不敢讲自己从锁孔里见过她，怕受人耻笑，说他得了幻觉症，所有这些思绪，纷纷侵扰折磨他，害得他又发起高烧。那些医生真的没有办法了，就对王后声称，王子害了相思病。

王后就同国王一起去看望儿子。国王忧心忡忡，满面愁容，高声说道："我的儿子，亲爱的儿子！告诉我们，你相中了哪个姑娘？我们保证给你找来，哪怕她是最卑贱的奴隶。"

王后拥抱着王子，同时向他确认国王的保证。他们又是流泪，又是安抚，王子深受感动，这才对父母说道：

"爸爸，妈妈，我绝非有意在婚姻问题上惹你们不快，这便是实情的证据，"他说着，就从枕头下面取出绿宝石戒指，"我要娶的就是能戴上这枚戒指的姑娘，不管是什么出身。能有这样美丽纤指的姑娘，看来不会是一个农家女，或者一个粗俗的丫头。"

国王和王后接过戒指，好奇地察看，得出与王子相同的判断，这枚戒指只有一个大家闺秀才配得上。国王拥抱了儿子，嘱咐他养好身体，便离开了。

国王当即派人敲鼓、吹笛、鸣号，巡游全城，由传令官广而告之。传所有年轻姑娘都去王宫，试戴那枚戒指，戴上合适者，就可以许配给王子。

那些公主率先来了，继而是公爵、侯爵和男爵家的贵族小姐，她们都想把自己的手指抻细一点儿，但终归徒劳，没人戴得上。国王只好又召来轻佻的女工，她们长得都很美，可惜手指都太粗，也戴不上戒指。王子身体好多了，他也亲自来观看姑娘们试戴戒指的场面。最后，连使女都找来了，全都试过了，没有一个人戴得上戒指。王子要求再找来厨娘、帮厨、牧羊女，可是，她们红红的短粗手指在试戴戒指时，只能伸进去指甲。

"前两天为我做蛋糕的驴皮女来了吗？"王子问道。

众人都笑起来，回答说没有来，因为她满身污垢，太脏了。

"马上把她找来，我的话没有规定把谁排除在外。"国王说道。

差官嘻嘻哈哈，嘲笑着跑去叫驴皮女过来。

公主听到了敲鼓声、传令官的呼喊，她心下便明白，这是她的戒指引起的反响。她爱王子，由于真爱总是战战兢兢，没有一丝一毫的虚荣，她就一直担心，可能有的少女，手指也如她这般纤细。她一见有人敲门来找她，心里便乐开了花。

得知全城正寻找能戴她那枚戒指的人，不知她萌生了什么希望，就开始精心打扮起来，穿上那件银光闪闪的美丽胸衣，还穿上镶满荷叶形银色花边和绿玉的裙子。她听见有人敲门，传唤她去见王子，就急忙又披上驴皮，打开房门。

差官们还嘲弄她，说国王召她去跟王子结婚，随即哈哈大笑不止。他们带她去见王子。

王子一见姑娘的这种怪异装束，也不免吃惊，不敢相信她就是自己见过的那个特别善良、特别漂亮的姑娘。他感到自己这么笨拙，看走了眼，一时非常沮丧，便问道：

"您就住在农场的第三饲养场，那条幽暗小路的尽头吗？"

"是的，王子。"驴皮女回答。

"您伸出手来给我看看。"王子说着，不由得浑身颤抖了，还叹了口气。

好嘛！真出人意料！从又黑又脏的驴皮下面伸出一只粉白细嫩的小手。这是世间最美最细的手指，毫不费力便戴上那枚戒指。国王和王后以及所有的侍从和廷臣无不惊呆了：只见公主身子轻轻一抖，驴皮掉落，赫然出现一个十分迷人的美女。

不管身体如何虚弱，王子当下跪倒在公主面前。不过，众人几乎没有看见，因为国王和王后都过来，紧紧拥抱着公主，问她是否愿意嫁给他们的儿子。公主看到这个英俊的年轻王子殷勤地向她表示深情的爱慕，十分害羞，正要感谢国王和王后……

这时，天花板忽然敞开，丁香仙女降临了，乘坐着丁香树的花枝制造的车子。她娓娓道来，讲述了公主的身世。

国王和王后这才明白，驴皮女原来是一位尊贵的公主，于是就更加喜形于色，对她越发亲热了。当然，王子一了解她的这种遭遇，就更加欣赏和钦佩她的品德，对她的爱也随之倍增。

王子恨不得马上就和公主成婚，也不管来不及进行适当的筹备，就要举办这场隆重的婚礼。国王和王后喜爱他们的儿媳妇，简直到了神魂颠倒的地步，总想把她搂在怀里，对她百般爱抚。公主明确表示，她同王子结婚，必须得到她父王的应允，因此，公主的父亲是第一个要发请柬的人，但并不向他说明新娘是谁。丁香仙女管理一切，这也是理所当然的，因为她考虑到后果，就要求这样做。

各国的君主全来贺喜，有的乘坐轿子，有的乘坐马车，而来自最遥远国度的国王则骑着大象、猛虎乃至雄鹰，然而，最豪华又最威风的车驾，要属公主的父亲乘坐的了。好在，这位国王已经忘掉了当初的打算，娶了一个没有孩子、非常漂亮的寡妇为王后。

公主疾步上前迎接父亲。他马上认出自己的女儿，未待女儿跪到他脚下，就一把将她搂住了。

国王和王后向他介绍了自己的儿子，公主的父亲对他十分满意。婚礼隆重得难以想象，然而，新郎新娘的心思并不在这种豪华宏大的场面上，二人四目相对，眼里只有彼此。

国王——王子的父亲，当天就为儿子举行了加冕典礼，他亲吻了王子的手，亲自将他扶上宝座，而王子有极好的教养，一再推辞，但最终还是遵从了父命。

盛大的婚礼庆典持续了将近三个月，不过，这对年轻夫妇的爱情一定能天长地久，百年之后，假如他们不死，仍然会相亲相爱。

小拇指

从前有一个樵夫和樵夫婆生了七个孩子,全是男孩。老大不过十岁,老幺却已经七岁了(看到此处不免奇怪,短短四年时间,怎么能生出这么多孩子?原来,樵夫婆高产,每次怀孕至少是双胞胎)。

樵夫家生活非常穷困,养活七个孩子真是苦不堪言,而时世又特别艰难,每个孩子都无力自谋生路。

让他们伤透脑筋的还是老幺,身体极为孱弱;什么话也不会说,让人以为是个傻子,殊不知这正是他智力过人的标志。他身形特别小,刚出生时,比拇指大不了多少,大家给他起了个外号,叫"小拇指"。

可怜的孩子在家里是个受气包,别人有什么过错都赖到他的头上。按说,七兄弟中,数他最精明,心思最缜密,他说话虽少,但是倾听得却特别多。

且说碰到年景极糟的一年，各地全闹起饥荒，可怜的樵夫和樵夫婆无奈，就决意遗弃自己的孩子。

一天晚上，孩子们都睡下了，樵夫和樵夫婆坐在炉火边商议。樵夫十分痛心，对樵夫婆说：

"你心里明白，我们养活不了这些孩子，总不能眼睁睁看着他们饿死在我面前。我狠下心了，明天就把他们带去林子里扔掉。这事做起来很容易，我们就趁他们拾柴火玩的时候，不让他们看见，悄悄溜走就成了。"

"噢！"樵夫婆高声说，"你怎么能忍心把自己的孩子丢掉呢？"

樵夫说明他们贫困到什么地步也等于白说，樵夫婆怎么也不赞同：她穷归穷，但怎么说也是孩子们的母亲。

然而，她再仔细想想，眼看着孩子活活饿死，那种痛苦又怎么忍受得了，于是同意了丈夫的意见，哭着上床睡觉了。

父母的这次谈话，小拇指全听见了。他躺在床上听到他们谈事情，就悄悄起来，溜到父亲坐的凳子底下，听他们说话而没有被发觉。他回到床上后，就再也没有合眼，心里合计着该怎么办。

第二天一大早，小拇指就去了河边，拾了许多白色石子，装在衣兜里带回家。

全家人动身去砍柴，小拇指在夜晚听到的情况一句也没有向哥哥们透露。

全家人走进一片茂密的树林。走在这片树林中，相隔十步远就谁也看不见谁了。樵夫开始伐木，孩子们就拾枯树枝，扎成柴捆。父母看他们都在埋头干活，就悄悄离开了，然后沿着一条弯弯曲曲的小径，撒腿跑掉了。

孩子们一发现落了单，就开始大哭大叫起来！小拇指由着他们喊叫，他心里有数，怎么能找回家去，因为他在来时的路上，沿途丢下了白色小石子。于是，他就对哥哥们说：

"哥哥们，你们不用怕。父亲母亲把我们丢在这儿，我倒是能带你们回家，你们跟着我走就是了。"

哥哥们就跟随在后，小拇指带着他们，在密林中沿着来时的路线走，一直返回自己的家。刚一到家他们还不敢进门，都贴在门外，要听听爸爸妈妈说什么。

樵夫和樵夫婆到家的时候，正巧村里的领主派人送来十枚银币，是拖欠他们很久的柴火钱，本来已经不敢指望了。他们几乎要饿死了，有了这笔钱就又能活下去了。樵夫立即打发樵夫婆去肉铺，由于好久没有尝到肉的滋味了，一下子就买回够两个人吃三顿的肉量。夫妇二人饱餐一顿后，樵夫婆就有话了：

"唉！我们可怜的孩子们，这会儿在哪儿啊？我们吃剩下的也够他们美餐一顿了。这也怪你，吉约姆，你非要丢弃他们不可。我早就说过了，我们要后悔的。他们七个在密林里，不知现在怎么样了，唉！上帝啊，也许狼已经把他们吃掉了！你真没人性，就这么丢弃了自己的孩子！"

樵夫终于被说得不耐烦了，因为她唠叨了不下二十遍，他会后悔的，也真的给她说中了。他就放了狠话，再不闭嘴就揍她了。这倒不是说他这个做父亲的并不像做母亲的那么懊恼，而是他的脑袋要给她吵爆了；其实，他跟大多数男人一样，很喜欢听妻子讲些有见地的话，但也实在受不了说话总有道理的女人。

樵夫婆失声痛哭了，边哭边念叨："哎呀！我的孩子们，现在你们在哪儿呢？我可怜的孩子们啊！"有一次，她念叨的声音很高，挤在房门外的孩子们都听见了，就齐声嚷道："我们在这儿呢！我们在这儿呢！"

樵夫婆赶忙跑去开门，搂住孩子们说：

"真高兴，又见到你们了，我心爱的孩子们！你们都累坏了，也都饿坏了。瞧

你，皮埃罗，你怎么弄得像个泥猴，过来，让我给你掸掸土。"这个皮埃罗是大儿子，是她最喜爱的孩子，因为他的头发偏红棕色，而她的头发几乎是红棕色的。

孩子们坐下吃饭，吃得那么香，父亲母亲在一旁看着都高兴。孩子们几乎总是同时说话，向父母讲述当时他们在树林里多么害怕。又看到孩子们回到身边，这两个厚道的人喜不自胜，而这种喜悦一直持续到十枚银币花光了。

是的，钱一花光，夫妇二人又陷入当初的悲苦中，决定还得丢掉孩子，而这次若要万无一失，他们就得带孩子去更远的地方。

樵夫和樵夫婆开始商议这件事，但再怎么隐秘，也免不了被小拇指听到。小家伙还打算像上次那样应付。他起了个大早，要去河边拾白色小石子，结果房门紧锁，出不去屋，他的希望落空了，不知道该怎么办了。还好，母亲分给他们每人一块面包当早饭，小拇指就有了主意：可以用面包屑代替小石子，沿路丢下作为标记，于是他就把面包塞进衣兜里。

父母领他们来到树林最茂密、最昏暗的地段，然后就闪身走上一条小岔道，扔下孩子们逃掉了。

小拇指倒不怎么犯难，满以为沿途撒了面包屑，是可以按照原路回家的，可是，情况让他大吃一惊：一点儿面包屑都找不见，全让鸟儿吃光了。

这回，七兄弟可伤透了脑筋，他们走着走着迷了路，在密林深处打转转。天完全黑了，又刮起大风，真是惊心动魄，仿佛四周全是狼嚎，狼群随时会扑上来吃掉他们。谁都不敢说话，也不敢回头。过了一阵，又突然下起瓢泼大雨，冷雨浸得他们透心凉。他们脚下溜滑，每迈一步都要滑倒在泥坑里，爬起来便满身泥水，双手都无处放了。

小拇指爬上一棵树的树顶，眺望周边，看看能否发现什么情况。他转着脑袋望了一圈，发现烛火似的一点光亮，但是离树林还很远。他从树顶下来，到了地面，就什

么也看不见了,心中好不懊恼,不过,他同哥哥们向他望见的那点光亮方向走去,出了树林,又望见了那光亮。

他们走到发出烛光的房子前,不由得心生恐惧,因为那烛光时常会消失不见。

孩子们敲了敲门,给他们开门的是一位和气的妇人,问他们有什么事。小拇指告诉她,他们是穷人家的孩子,在树林里迷了路,请她发善心让他们留宿一晚。妇人见孩子们都长得这么好看,就不禁落泪,对他们说:

"唉!可怜的孩子们,你们来到了什么地方呀?要知道,这是专吃小孩子的食婴妖魔的住处啊!"

"唉！太太，"小拇指回答，但是他跟几个哥哥一样，吓得浑身抖得厉害，"我们能怎么办呢？如果您不肯收留我们，今天夜里，树林里的狼群肯定会吃掉我们，那我们宁愿让您的先生吃掉我们，没准儿苦苦哀求，他会可怜我们呢。"

食婴妖魔的妻子以为一直到第二天早晨，她能瞒过她丈夫，于是就让孩子们进了屋，带他们到炉前烤火。炉火烧得正旺，炉灶上烤着一只全羊，那是她给丈夫准备的晚餐。

孩子儿刚坐下烤火，就听见咚咚三四下重重的捶门声，正是食婴妖魔回来了。女主人急忙让孩子们躲进床底下，然后才去开门。

食婴妖魔一进门就问，晚餐是否做得；葡萄酒是否备好，随即便坐下，开始大吃大喝。羊肉还带着血丝，反倒更合他的口味。他还左顾右盼，说自己嗅到了生肉味。

"一定是我刚收拾好的小牛肉，"妻子回答，"让您闻到了气味。"

"再跟你说一遍，我闻到了生肉味。"食婴妖魔斜视着他的妻子，又说道，"肯定瞒着我，你在这儿藏了什么东西？"

食婴妖魔说着，霍地站起身，径直走向床铺。

"哼！"他说道，"好哇，你就是这样想蒙骗我，该死的婆娘！真不可思议，我怎么没有把你也吃掉？你这畜生，老了倒也占便宜，想什么有什么，这批野味应需而至。近日，我的三位同魔好友正要来看我。"

可怜的孩子们被他一个个地从床底下抓出来。他们全跪下，向他讨饶，然而，他们面对的是最凶残的食婴妖魔：妖魔非但不会怜悯他们，反而凶恶的目光已经快把他们吞掉了。他对妻子说，这样的小鲜肉，配上好的浇汁，肯定鲜美无比。

食婴妖魔取来一把大尖刀，回到这些可怜孩子的面前，左手持一条长条石开始磨刀霍霍。接着，他就抓起一个孩子要吃，妻子急忙对他说："都这会儿啦，您着什么急呀，明天不是有充裕的时间吗？"

"别多嘴，"妖魔说，"一拖时间，肉就不够鲜嫩了。"

"可是，您还有那么多肉，放在那儿还没吃呢！"妻子说，"喏，有一头小牛、两只羊、半头猪。"

"这么说倒也对，"妖魔说，"给他们好好吃一顿晚饭，别让他们瘦了，吃饱了再带他们去睡觉。"

妖魔的妻子十分欢喜，给孩子们送上来好吃的东西，怎奈他们惊吓不定，还吃不下去多少。

妖魔重又坐下喝酒，想到美味佳肴送门来款待朋友，心中好不快活，就比往常多喝了十来杯，酒劲难免上了头，便呼呼大睡了。

妖魔有七个女儿，还都是孩子。这些小女妖肤色都很美，只是她们同父亲一样，都嗜食生肉，不过，她们圆圆的灰色眼睛很小，长着一只鹰钩鼻子，一张大嘴巴，满口稀疏的大尖牙。眼下她们还不算太坏，但是她们已咬噬过婴儿吸取鲜血，长此下去，恶毒程度也不可限量。

七个小女妖早早睡觉了，全睡在一张大床上，每个小女妖都头戴一顶金冠。房间里还有同样一张大床，妖魔的妻子就安置七个小男孩睡在上面，然后她回屋同丈夫睡在一起。

小拇指始终担心，妖魔别是后悔当晚没有杀他们，半夜又起来动手。他注意到妖魔的七个女儿头上都戴着一顶金冠，于是悄悄起来，摘下她们的金冠，把他和哥哥们的睡帽戴到她们头上，而他们兄弟七个则戴上金冠，这么做就是想让妖魔把他们错当成他女儿，而把他女儿错当成他们杀掉。

事情果然如小拇指所想的那样：妖魔半夜醒来，后悔把该办的事推到第二天，就

立刻跳下床,提上大尖刀,嘴里咕哝着:"我去瞧瞧,几个小家伙状态可好,就不要再费第二遍事了。"

他上楼摸进女儿们的房间,走到七个男孩的床前,哥哥们都沉睡了,只有小拇指醒着,他见妖魔挨个儿触摸哥哥的头,又触摸到他,真吓得够呛。

好在妖魔也摸到了金冠,便自言自语:"真的,差一点干了一件大蠢事,看来昨天夜晚实在喝得太多了。"

接着,他走到自己女儿的床头,摸到了男孩们的小睡帽,说道:"哈!小崽子们在这儿呢,放手干吧。"说着,他毫不犹豫,喊里咔嚓,把七个女儿全宰了。他很得意自己的壮举,就回房又躺在妻子身旁。

小拇指一听见妖魔打起鼾,就叫醒了六个哥哥,让他们赶紧穿好衣服跟他走。他们悄悄下楼,来到花园,跳过围墙,几乎跑了一整夜,总是提心吊胆,也不知道该逃往何处了。

妖魔睡醒之后,吩咐他的妻子:"上楼去把昨天晚上那些小家伙拾掇好了。"妖魔的妻子心中甚是奇怪,丈夫怎么发了善心,根本没细想是怎么个拾掇法,还以为让她给孩子们穿好衣服呢。

她到了楼上,真是万分惊骇,看见七个女儿全倒在血泊中,死于非命,顿时便昏迷了过去。几乎所有女人,遇到类似的情况,第一反应总会这样。

妖魔派给妻子的活儿够重的,怕她拖得时间太久,就上楼去帮她一把。他一看到这种惨景,惊骇的程度不亚于他的妻子:

"噢!我干的这是什么事?"他嚷道,"这帮小坏蛋,一会儿就去找他们算账。"

他马上去拿一罐水,浇到他妻子的脸上,把她救醒了,就对她说:

"把那双七里靴给我,我这就把他们抓回来。"

妖魔上路追捕，各个方向都跑了很远，终于寻找到这些可怜孩子所走的路线。他们再走一百多步就能到家了，却眼见妖魔轻而易举地跨越一座座高山、跨过江河就像过小溪一样。危险时刻，小拇指发现旁边有个岩洞，就叫哥哥们躲进洞里，自己则趴在洞口，始终观察妖魔的动向。要知道，穿上七里靴跑路特别累人，而妖魔又跑了那么多冤枉路，感到疲惫不堪，就想歇歇脚，而且也真巧，他就坐到七兄弟藏身的洞穴上面的岩石上。

妖魔坐了片刻，累得实在受不了了，就睡着了，鼾声如雷，可怜的孩子们还是怕得要命，就像昨晚他提刀要杀他们时那样。

小拇指倒还不那么恐惧，他让哥哥们趁妖魔熟睡，赶紧逃回家，根本不必为他担心。哥哥们听从小弟的主意，急忙回到家中。

小拇指凑到妖魔近前，轻轻地脱下他的七里靴，穿到自己的脚上。这双靴子非常宽大，但由于是魔靴，就有特殊的魔力，能依据穿者腿脚的大小变大或变小，因此，小拇指穿上就正好，仿佛为他量身定做的。

他径直去了妖魔家，见妖魔的婆娘还在哭被杀的七个女儿，小拇指就对她说：

"您丈夫遇上极大的危险。一伙强盗抓住他，要他交出全部金银财宝，否则就杀了他，他们的刀就抵住他的喉咙。他忽然瞧见了我，就求我火速来见您，告知他的处境，要您毫无保留，把值钱的东西全交给我带去赎命，不然他就要惨遭杀害。情况万分紧急，他的七里靴脱给我穿上了，这样既跑得快，又不会让您以为我是个骗子。"

妖魔的妻子可吓坏了，立即将她拥有的钱财全交给小拇指，因为妖魔虽然吃人，却仍不失为一个好丈夫。

小拇指背着妖魔的钱财回家见父母，受到全家人欢欢喜喜的接待。

许多人不赞同故事的这种结局，他们强调小拇指绝对不会骗取妖魔的财物，也没有真正想占有七里靴，而他穿上七里靴，只想要追上他那些哥哥而已。他们断言小拇指知道好歹，甚至认为樵夫家有吃有喝。他们还断言，小拇指穿上七里靴，径直去了王宫，他得知朝廷正十分焦虑：一支军队征战在两法里之外，能否像期许的那样打胜仗。据他们说，小拇指去觐见国王，号称国王若是愿意，那么在天黑之前，他就能带回战事消息。国王就向他许诺，如果他办得到，就赏给他一大笔酬金。

当天傍晚，小拇指就带回战事消息。这一次差使，就让他出了名，此后他想挣多少钱就能挣多少钱，因为国王还要向军队下达命令，给他传递命令的酬金特别丰厚。

另外，还有一些女士要他带书信给她们在前线的丈夫，不过酬金微薄，小拇指都不屑计入他所得的数额里。

小拇指如此这般，当了一段时间的朝廷信使，积聚了不少财富。他回到家中，家人团聚的喜悦就难以言表了。多亏他带回来的钱财，全家人生活富裕了，他还给父亲和哥哥们买了新设的官爵，各自安身立命了，而且与此同时，他本人的生活也安排得非常好。

仙女

从前有一位寡妇,养育了两个女儿。大女儿的相貌与脾气秉性同母亲十分相似,见到她就等于见到母亲。这对母女十分讨人嫌,特别傲慢无礼,让人无法与她们相处;而小女儿则是她父亲的真实写照,性情温婉,对人又诚恳善良,加上容貌俊美,属于人们可以见到的最漂亮的姑娘。

"物以类聚,人以群分"的老话也体现在这母女二人身上,这个当妈的,自然而然地格外宠爱大女儿,同时,也恨透了小女儿,总让她不停地干活,还把她独自撂在厨房里吃饭。

可怜的姑娘,除做家务活儿外,还得每天两次去两公里远的水泉边,打回家满满一大罐水。

有一天,她来到水泉边,正要汲水,走过来一个可怜的妇人,向她讨一口水喝。

"行啊，老婆婆。"美丽的姑娘说着，急忙涮净了水罐，从水泉最清澈处舀水，用手托着水罐，让老婆婆更为自如地喝水。

老婆婆喝完水，对她说道："你这么美丽，这么善良又这么诚恳，无论如何我也得送你一件礼物（要知道，她是一位仙女，化身为穷苦的老婆婆，就是为了试探姑娘有多诚恳善良），我赋予你一种特异功能。"仙女接着说道："你每说一句话，就能从口里吐出一朵花或者一颗宝石。"

美丽的姑娘回到家，母亲怪她在水泉拖延了时间，劈头盖脸地对她一顿责骂。

"妈妈，我恳求您原谅，拖延了这么长时间。"可怜的姑娘回答，不料这话刚说出口，就随即吐出两朵玫瑰花、两颗珍珠和两大粒钻石。

"我瞧见什么啦？真不敢相信自己的眼睛！"母亲惊叹道，"她口里好像吐出了珍珠和钻石！这是怎么回事，我的女儿？"（她这还是破天荒第一次称呼她"我的女儿"。）

可怜的孩子天真老实，一五一十地讲述了她所遇到的情况，也就免不了接连吐出大量钻石。

"千真万确，"母亲说道，"我得打发我的大女儿去。过来，芳松！你瞧瞧，你妹妹说话的时候，口里能吐出什么来。你若能有同样的功能，那我该有多高兴！你只要去水泉打水，等一个穷苦的老太婆讨水喝，你就大大方方给她喝就成了。"

"我才不去水泉呢，"粗暴的大女儿回答，"看也白搭！"

"我要你去你就得去，"母亲又说道，"马上就去。"

大女儿去了，一路上嘟嘟囔囔。她拿着家里最好看的银瓶。她刚到水泉，就瞧见林子里走出一位衣着华丽的妇人，向她讨水喝。正是见过她妹妹的那位仙女，这次显形，穿的是一身公主的装束，以便试探这个女孩邪恶到何种地步。

"我来这儿，是为了给你盛水喝的吗？"这个傲慢无礼的粗暴姑娘问她。"正巧我带来了银瓶，可以用来给你喝水。好吧，我同意，你就自己拿去盛水喝吧。"

"你没有诚意，"仙女没有生气，又说道，"好哇，既然你这么不客气，我就送你一份好礼：你每说一句话，嘴里都会吐出一条毒蛇，或者一只癞蛤蟆。"

母亲一见大女儿回来，就冲她嚷道："怎么样！我的女儿？"

"我的妈！还问怎么样？"粗暴的姑娘刚一回答，就从口里蹿出一条毒蛇、一只癞蛤蟆。

"噢！天哪！"母亲惊叫起来，"这是怎么回事儿？全怪你妹妹，我找她算账去。"她立刻跑去，揍了小女儿一顿。

可怜的姑娘逃出家门，躲进了一片树林。王子打猎归来，正好遇到，见她如此美丽，便问她为何在此地哭泣。

"唉！先生，我母亲把我赶出家门了。"

随着话语，还从她嘴里吐出五大颗珍珠以及同样数量的钻石。王子见此情景，便问她是何缘故。姑娘就向他讲述了自己奇遇的全过程。王子已经爱上了姑娘，他认为同别的任何女子结婚所能带来的益处，都不如这位姑娘的这种特异功能有价值。于是，他把姑娘带回王宫，并且很快完婚了。

至于那个姐姐，招致她母亲的深恶痛绝，也被驱赶出家门。这个可憎的、倒霉的姑娘，到处奔波也无人愿意收留她，最终死在一片树林中的某个角落里。

小凤头里凯

从前有一位王后,生了一个儿子,长相特别丑,畸形的身躯让人怀疑他是否是人,然而,他出生的那天,在场的一位仙女断言,他长大以后,不失为一个可爱的人,因为他特别聪明,甚至还说她刚刚赋予他的功能中,就包括能让他所爱的人变得跟他同样睿智。

可怜的王后生了个丑八怪,正伤心不已,听了仙女这番话,总算稍微得到些许安慰。

果不其然,小王子刚学会说话,就能讲出许多有趣的事情,而且他的一举一动,都能透出一种说不出来的机灵劲儿,特别惹人喜爱。对了,我忽略了一点:他出生时,头顶就长了一簇毛发,好似羽冠,故而人们称他为"小凤头里凯",里凯是他家族的姓氏。

七八年后，邻国的王后生了两个女儿。大女儿貌美赛过天仙，王后高兴得过了头，实在让人担心她会乐极生悲。曾莅临祝贺小凤头里凯出生的那位仙女，这次也到场了，她要遏制一下王后的狂喜，就宣告公主定然智力低下，容貌有多美，头脑就有多笨。

王后听了这话，真是大为扫兴，可是没过多久，二女儿生下来，相貌出奇丑陋，更伤透了她的心。那位仙女当场劝解："您不必这么伤心，王后，您的女儿会得到补偿，将来她肯定聪慧过人，会让人不大觉得她美色方面的欠缺了。"

"但愿吧！"王后回答，"可是，长女相貌那么美，您就没有办法使她长点儿智慧吗？"

"在智慧方面，王后，我对她就爱莫能助了。"仙女说道，"在美丽的领域，我倒可以为她尽力，我就赋予她一种能力：将她喜爱的人变得漂亮。"

两位公主逐渐长大，各自的优势也与日俱增，无处不在议论姐姐的美丽和妹妹的智慧。同样，随着年龄的增长，她们的缺点也越发彰显。眼看着妹妹一天比一天丑陋，而姐姐一天比一天蠢笨：她总是答非所问，要不就讲一句蠢话。不仅如此，姐姐还笨手笨脚，让她将四件瓷器放到壁炉台上，她非打碎一件不可；给她喝一杯水，也总免不了会把半杯水洒到衣裙上。

一位年轻的姑娘，貌美固然能占先机，但是在所有社交场合，妹妹几乎总能占上风。一开始，大家自然走到美人的跟前，欣赏姐姐的美貌，但片刻之后，众人又走向更有智慧的姑娘，听妹妹妙语连珠，谈笑风生。这种局面的变化，无人不感到奇怪，不到一刻钟的工夫，姐姐身边的人就走光了，所有人都聚焦到妹妹周围。姐姐虽然愚笨，还是看清楚了这一点，她甘愿用她全部的美貌，换取妹妹一半的才智，也丝毫不觉得遗憾。王后再怎么明智，也免不了多次指责她愚蠢，这让可怜的公主萌发了轻生的念头。

有一天，美丽的公主躲进树林中，正在悲叹自身的不幸，就看到走过来一个矮个子男子，长相极丑，极讨人嫌，但是衣着十分华丽。此人正是年轻的王子——小凤头里凯，他见过流传于世的这位公主的肖像，而且一见钟情，于是离开他父亲的王国，以求一睹芳颜并与之交谈。此刻偶遇她独自一人，王子真是喜出望外，立即上前施礼，态度无比谦恭，无比敬重，讲了几句寻常的客气话之后，注意到她满面忧容，便问：

"小姐，我实在不明白，像您这样美丽的姑娘，怎么还会如此郁郁寡欢呢？要知道，不管我怎么夸口，即使见过的美女不计其数，我还真不敢说见过有您这样美丽的姑娘。"

"您高兴说说而已，先生。"公主回应道，随即就不作声了。

"美貌，"小凤头里凯又说道，"是一种极大的优势，能够取代其余一切特质。既然拥有了美貌，我真看不出还有什么能让您这么伤心。"

"唉！"公主说道，"我宁可像您一样丑；但是拥有智慧，而不愿意像现在这样，容貌有多美，头脑就有多笨。"

"小姐自认为没有智慧，比什么都更能表明你是个有智慧的人；这种品质的特性就是拥有的智慧越多，就越感到自身的不足。"

"这话我不懂，"公主说道，"但是我明白，我非常笨，正是这一点让我伤心得要死。"

"如果惹您伤心的仅仅是这一点，小姐，那很好办，我就能解除您的痛苦。"

"您有什么办法呢？"公主问道。

"我有一种特异功能，小姐。"小凤头里凯回答，"就是能赋予我最爱的人以世人可能有的睿智，而小姐您，恰恰是这个人。这事完全取决于您：如果您愿意嫁给我，您就能获取世人可能有的睿智。"

公主惊得瞠目结舌，一句话也说不出来了。

"看得出来，"小凤头里凯又说道，"这个建议委实让您为难，我并不觉得奇怪，不妨给您一整年时间，仔细考虑之后再做决定。"

公主智力极其低下，同时，又强烈渴望增长智慧，想象这一年时间永远也不会完结，也就接受了向她提出的建议。她刚刚向小凤头里凯许诺，一年后的这个日子可以嫁给他，就当即感到自己变了个人——猛然间，她想说什么，就能顺畅地表达出来，容易得令人难以置信，而且语言又特别精妙，从容而又自然。从这一刻起，她同小凤头里凯开始了一场风雅的、意味隽永的谈话，这倒让小凤头里凯以为他赋予对方的智慧超过了自己保留的份额。

公主回去后，震惊了整个王宫，如此突如其来而又异乎寻常的变化，实在让人摸不着头脑，因为从前听她出口便是放肆的蠢话，而今无论什么事，听她讲的每句话都特别明智，还无比风趣。难以想象，王宫上下人等是多么欢喜，唯独妹妹感觉不自在，只因丧失了原有的智慧优势，此后在姐姐身边，她无非就是个很讨厌的丑丫头了。

国王治理国家，往往听从大公主的见解，有时甚至就在她的宫室召开内阁会议。公主的这种变化的消息传扬开来，临近各王国的年轻王子，无不前来大献殷勤，几乎个个都想求亲，但是公主觉得他们智力水平都不高，于是倾听了他们各自的表白，没有应允任何人。不过有一天，却来了一位王子，身体十分魁伟，长相十分英俊，头脑特别聪明，还特别富有，公主对他产生了好感。国王看出来了，号称选择夫婿完全由她自己做主，有中意的人尽管讲出来。公主感谢国王的信任，但还要容她考虑一段时间：越有头脑，考虑得越多，就越不会轻易做出决定。

一天，公主随意散步，又走进她曾遇见小凤头里凯的那片树林，以便畅想自己该如何决断。她漫步在林中，正沉思冥想，就听见低沉的脚步声。仿佛好几个人来回走

动,在忙碌干活儿,她侧耳细听,果然听到有人说:"把那口锅给我拿来。"另一个人则说:"把这口蒸锅给我。"还有人说:"把火拨得旺一些。"恰巧这时,地面裂开了,看到好似一个大厨房,从脚下冒出来,里面的众多厨师、厨役在忙碌着,还有常办盛大宴会所需要的各种侍者。二三十名烤肉师从厨房一拥而出,他们手执烤扦,头戴着狐尾饰,来到林间一条路径上,围着一张超长的餐桌站定,开始有节奏地操作,伴随着悦耳的歌声。

公主见此情景,不免惊奇,上前询问他们是为谁劳作。

"小姐,"其中最显眼的那人回答,"我们是为小凤头里凯王子干活的,明天他就举办婚礼了。"

公主更为诧异了,她猛然想起,一年前的这一天,自己曾经答应嫁给小凤头里凯王子。这事儿她竟忘得干干净净,只因这样许诺的时候,她还是一个愚昧无知的人,而王子一旦赋予她智慧了,她便全然忘记了自己说过的蠢话。

公主又往前走去,还没走上三十步,就遇到了小凤头里凯,但见他满面春风,全身锦绣华服,一副十足的即将结婚的王子派头。

"您瞧见了,小姐,我不折不扣信守自己的诺言。我也不怀疑,您来到这里,正是为了履行您的许诺,同我结婚,使我成为最幸福的男人。"

"我得坦率地承认,"公主回答,"这件事情我意未决,而且我觉得,不会做出如您心愿的决定。"

"您这话让我吃惊,小姐。"小凤头里凯说道。

"这我相信,"公主说道,"毫无疑问,假如我打交道的对象是一个毫无头脑的粗汉,那么我的处境就会十分尴尬,他会对我说:'一位公主,必须言而有信,您既然许诺了,就一定得嫁给我。'然而,我与之谈话的人,乃是世间最有智慧的男子,确信他能听得进去道理。您很清楚，那时候我还是个傻姑娘，而且打不定主意是否嫁给您，您给了我智慧后，我看人就更加挑剔了，您怎么还能期望如今我能做出当时都做不出来的决定呢？您若是实实在在打算娶我，当初就大错特错了，您不该消除我的愚昧，让我看得更清楚了。"

"正如您刚才所言，"小凤头里凯回敬道，"如果一个智力低下的人指责您失信，您都会接受，那么关乎我终身幸福这样一件事，小姐，为什么我就不能问个究竟呢？难道智者比愚人还要低一等，这算是什么道理啊？您多么渴望拥有智慧，而且有了这么大智慧，怎么还能讲出这种话呢？好了，还是谈谈实际问题吧。请问，除了相貌丑陋外，在我身上，您还讨厌什么呢？对我的出身、智慧、性情和举止，您有什么不满意的吗？"

"除此再也没有了，"公主回答，"您列举的这些，我都称心如意。"

"果真如此，"小凤头里凯接口道，"那我就能成为幸福的人了，因为您就可以把我变成世上最可爱的人。"

"这怎么可能呢？"公主对他说。

"这完全可能，"小凤头里凯回答，"只要您爱我到了期望我变美的程度。好吧，我告诉您，以免您对此还心存疑虑，我出生时，到场祝贺的仙女赋予了我一种特异功能，能让我将来爱上的人变得聪慧。同样，也是这位仙女，又去赋予了您一种功能，即能使您所爱的男人相貌变美。这份恩惠，您愿意给谁呢？"

"事情果真如此，"公主说道，"那我就衷心祝愿，您能变为世间最英俊、最可爱的王子，我把我拥有的功能全用在您身上。"

公主的话音还未落，就眼见小凤头里凯完全变了，变为她从未见过的相貌端正、无比英俊、无比可爱的人。

有些人断定，那根本不是仙女施法的结果，仅仅是爱情促成了这种变化。他们说公主经过深思熟虑，钦佩里凯的执着、审慎以及他的种种优秀品质，也就忽略了他身体的畸形、相貌的丑陋，从而在她的眼里，他那驼背无异于一个壮汉蓄势的虎威，原先所见的严重跛足，现在则觉得那不过是左顾右盼的动作，反倒令她着迷了。他们还说，他那斜视的眼睛，在她看来更为明亮，闪避侧目正是炽热爱情的体现；至于他那红红的大鼻子，对她而言，正是勇武雄健的标志。

　　不管怎么说，公主当即应允嫁给他，只要能得到她父王的同意。国王早就获悉，他女儿非常钦佩小凤头里凯，他也了解里凯王子聪明绝顶，又极为睿智，就欣然接受了这个女婿。正如小凤头里凯预料的那样，也遵循了仙女很久之前的指令。第二天，他们就举办了婚礼。

灰姑娘

从前有一个贵绅,续弦娶了一个从未见过的,无比高傲又无比自负的女人。续弦的妻子随嫁带来两个女儿,无处不像她们的母亲。贵绅的原配夫人留下一个小女儿,温柔善良的性情举世无双,得其亲生母亲——世间最好的女人的遗传。

结婚后没几天,后母的坏脾气就发作了,她无法容忍这个小姑娘的好品质,因为相比之下,她的两个女儿就显得更加可恨了,于是,她就打发这孩子干家里最下贱的活儿——洗餐具,擦楼梯,还要打扫她的卧室和她两个女儿的卧室。

后母的女儿,也就是小姑娘的两个姐姐的卧室,铺设着质量最好的木地板,安放着最时髦的大床,室内的穿衣镜能从头照见脚,然而,可怜的小姑娘却被赶到阁楼里,躺在草垫上睡觉,她默默忍受着虐待,不敢向父亲抱怨,因为如果发出怨言还会受到责骂,因为父亲完全被他的现任妻子掌控了。

小姑娘干完了活儿，就躲到壁炉的角落，坐到炉灰渣上，屁股上总沾着炉灰，因此家里所有人都叫她"灰屁姑娘"。那对姐妹中的妹妹，心眼儿不像姐姐那么坏，就叫她"灰姑娘"，稍微好听些。

饶是这样，灰姑娘一身破衣烂衫，比她那两个身穿漂亮衣裙的姐姐还要美上一百倍。

正巧有一件盛事，国王的儿子举办舞会，邀请全部有身份的人参加。灰姑娘的两位姐姐也在受邀之列，她们在国内算是有头有脸的大家闺秀。她们自然乐不可支，整天忙着挑选最合适的衣裙和发型。这又给灰姑娘增添了苦差使——熨烫两位姐姐的衣裙，为她们袖口的花边打褶。

两位姐姐开口闭口就是谈论如何穿戴："我呀，"姐姐说，"我要穿上我这条镶英国式花边的红色天鹅绒衣裙。"

"我呢，"妹妹则说，"我只能穿我这条日常的短裙，但是可以用搭配为它增色，如果穿上我那件金线绣花的外套，再戴上钻石项链，肯定会引人注意。"

她们让人买来上好的小梳妆台，还买来做工最精的塔夫绸假痣（贴到脸上的）。她们叫来灰姑娘给出出主意，因为知道她很有品位。

灰姑娘也尽心尽力提出建议，还亲自动手帮助她们打理想要的发型。趁灰姑娘给她们做发型时，两位姐姐还问她："灰姑娘，大概你也很想去参加舞会吧？"

"唉！两位姐姐，你们这是戏弄我，那里可不是我该去的地方。"

"你说得对，一个灰姑娘，如果跑到舞会上去，让人看见还不笑掉大牙！"一位姐姐说。

换一个人听了这话，肯定要把她们的发型做歪斜了，但是灰姑娘心眼儿好，还是给她们梳最漂亮的发型。

两位姐姐兴奋得过了头,几乎两天没有吃饭。她们整天待在穿衣镜前,为了显得体形更为苗条,就尽量勒紧束衣的束带,接连拉断了十二条束带。

幸福的日子终于到了,继母和两位姐姐乘车向王宫驶去。灰姑娘目送她们离去,直到望不见了她才哭起来。这时,她的教母现身了,看见她泣不成声,就问她怎么了。

"我想要……我想要……"她哭得太厉害,话都说不下去了。

灰姑娘的教母是一位仙女,对她说道:"你想要参加舞会,对不对?"

"唉!是啊。"灰姑娘叹息着回答。

"那好啊!你不是个好姑娘吗,"仙女说道,"我能让你去舞会。"

仙女带灰姑娘回房间,又对她说:"你去园子里,给我摘一个南瓜来。"

灰姑娘立刻去园子里,摘回来她能找到的最大的一个南瓜,交给仙女,却猜不透这个南瓜怎么可能把她送到舞会现场去。仙女将南瓜掏空,只剩下外壳,再拿仙杖敲打两下,南瓜壳就变成一辆金灿灿的漂亮马车了。

接着,她走向捕鼠笼,瞧见笼子里有六只活着的小老鼠,就让灰姑娘拉起捕鼠器的活板。每出来一只小老鼠,她就用仙杖敲打一下,一击之下,小老鼠就变为一匹骏马。六匹鼠灰斑点的骏马,配上华丽的马车,好一副气派的车驾。

仙女一时犯难,找不到该拿什么变出一个车夫来。灰姑娘就说:"我去瞧瞧捕鼠器逮没逮住老鼠。"

"说得对,"仙女回答,"去看看吧。"

灰姑娘拿来了捕鼠器,上面夹着三只大老鼠,仙女挑了一只长了大胡须的大老鼠,用仙杖一点,就将它变成一个胖胖的车夫,蓄着少见的大胡子。

随后,仙女又对灰姑娘说:"你去园子里,浇花水壶后面有六只蜥蜴,全给我拿来。"

灰姑娘刚捉回蜥蜴，仙女当即就将它们点化为六名随从，身穿漂亮的制服。他们立刻登上马车的尾部平台，站在那里，仿佛生来就没有做过别的事。

于是，仙女对灰姑娘说："好啦！配齐了，可以参加舞会了，你还不高兴吗？"

"高兴啊！可是，我就这个样子，穿着这身破衣裙去吗？"

仙女用仙杖往灰姑娘身上一点，她的破衣裙瞬间变为饰满宝石的盛装，接着又给她变出一双世间最美的水晶鞋。灰姑娘这样打扮起来之后，便登上马车，临行前，仙女叮嘱她各种事项，如千万不要在舞会上待到超过午夜十二点，否则她的马车就会变回南瓜，几匹骏马会变回老鼠，那些随从会变回蜥蜴，而她的服装也会恢复原样。

灰姑娘向仙女保证，一定在午夜十二点之前离开舞会。她出发了，心里别提有多么高兴了。王子得到通禀，来了一位不认识的极有身份的公主，急忙出迎，搀扶公主下车，带她走进宾客聚集的大厅。

全场立刻一片肃静：跳舞的停止跳舞，拉小提琴的不再演奏，无不注意瞻仰这位陌生少女的绝色姿容。随后，响起一片窃窃私语："啊！她真美呀！"就连国王本人，尽管已经年迈，也目不转睛地注视着她，还低声对王后说，很久没有见过如此美丽又如此可爱的女子了。所有的夫人和小姐也都仔细地打量着她的发型和衣着，内心打算第二天就仿制来穿，但愿能找到如此美的衣料，如此手艺高超的裁缝。

王子请灰姑娘坐上主宾的位置，然后邀请她跳舞。她的舞姿无比曼妙，引起了众人的加倍赞赏。

大厅内摆上丰盛的夜餐，王子什么也不吃，只顾专注端详这位公主。灰姑娘走过去，坐到她两位姐姐身边，对她们非常客气，同她们分享王子给她的橙子和柠檬，这让她们十分惊讶，因为她们并不认识她。

灰姑娘正这样和人们交谈的时候，就听见十一点三刻的钟声敲响了，她立刻向众人深施一礼，急匆匆离去。她刚回到家，就去见她的教母，表示感谢，但是说她很期望第二天还能去参加舞会，因为王子邀请了她。灰姑娘正一门心思向她的仙女讲述着舞会上发生的各种情况，忽然听到两位姐姐的敲门声。她赶紧去给她们开门。

"你们去了这么长时间才回来。"她打着哈欠对她们说，还连连揉眼睛，伸懒腰，就好像刚刚醒来。

"你若是参加了舞会，"一位姐姐对她说，"绝不会感到无聊。去了一位最美丽的公主，我从未见过那样的美人，她对我们非常客气，还给我们吃了橙子和柠檬。"

两位姐姐离开后，灰姑娘却毫无困意，心里不知道该怎么高兴。她还问过两位姐姐，她们回答说不认识她，连王子都犯难，为了弄清那位公主是谁，愿意拿出任何奖赏。灰姑娘就微笑着对两位姐姐说："她很漂亮吗？我的上帝啊！你们多幸运啊！我怎么就不能见见呢？唉！雅沃特小姐，您每天穿的那条黄色连衣裙借给我吧。""真的。"雅沃特小姐说，"我赞同这种想法！好哇！我的连衣裙就借给灰屁姑娘这个脏货！敢情我是疯了。"

灰姑娘料到会遭受拒绝，她一点也不在意，如果姐姐愿意借给她连衣裙，她反倒不知道该怎么办好了。

第二天，两位姐姐又去参加舞会，灰姑娘也去了，而且比头一次打扮得还要华丽。王子一直在她身边，对她讲一些甜言蜜语。这位年轻小姐丝毫也不觉得厌烦，一时忘了仙女的叮嘱，以为还不到十一点钟，忽然听到午夜的第一下钟声了。她慌忙起身，像一只小鹿那样轻捷地逃之夭夭。王子紧追不舍，却怎么也赶不上。灰姑娘失落了一只水晶鞋，被王子拾到并珍藏起来。

灰姑娘没有了马车，没有了随从，还穿着原来那身破衣裙，她气喘吁吁地跑回家，豪华的车驾全化为乌有，只剩下一只水晶鞋，跟她失落的那只是一对。

王子询问了王宫的守门卫士，是否看见一位公主离去，他们回答说，没有看见人出宫，只有一个身穿破衣裙的少女出去了，看样子是个农村姑娘，不像一位贵族小姐。

两位姐姐从舞会上返回时，灰姑娘问她们玩得是否还开心，那位漂亮的公主是否又去了。她们回答说去是去了，只是午夜的钟声刚一敲响，她就特别匆忙地逃离，还掉落了她的一只水晶鞋，那是世间最美的鞋子，被王子拾取了，而且在舞会余下的时间，他的眼睛就盯着水晶鞋看。毫无疑问，王子深深地爱上了水晶鞋的主人——那位美丽的公主。

她们所说的话不错，没过几天，王子就派专差拿着号角到处宣告，他将迎娶穿上那只水晶鞋合脚的姑娘。先由公主们试鞋，然后轮到女公爵，接着是朝廷官吏家的闺秀，可是徒劳一场。专差还拿着水晶鞋，来到两姐妹家。姐妹俩竭尽全力，要把脚挤进水晶鞋里，但最终还是办不到。

灰姑娘在一旁看着两位姐姐，也认出了她的水晶鞋，便笑着说道："我来试一试，看看合不合脚！"两位姐姐开始嘲笑她。这时，负责试鞋的差官仔细打量着灰姑娘，觉得她模样儿很美，就说完全应该试一试，于是拿水晶鞋凑近她的纤足，看到她不费劲就穿上了，不大不小完全合脚。两位姐姐惊奇万分，更为惊奇的是，她从衣兜里掏出另一只水晶鞋，穿在自己的脚上。恰巧这时，仙女来了，她用仙杖一点，灰姑娘的破衣裙又变为盛装，比前几次的还要华丽。

到了这时候，她两个姐姐才认出来，她们在舞会上见到的那位美人正是灰姑娘，于是，她们倒在她的脚下，请求原谅欺侮她的种种行径。灰姑娘拉她们起来，拥抱她们，说她诚心原谅她们了，还请她们永远爱她。

灰姑娘身穿华服,被专差带去见王子。王子觉得她越发美了,几天之后便举行了婚礼。灰姑娘人美,心地也善良,她让人把两位姐姐接进王宫来住,而且当天就安排她们同朝廷的两位大贵族结了婚。

菲奈特历险记

　　十字军初次东征时期，不记得是欧洲哪个王国的国王，决心讨伐巴勒斯坦地区的异教徒。他在远征之前，将国事整顿得井井有条，可以放宽心了，就把摄政权交给了一个特别能干的大臣。

　　不过，国王最担心的，还是如何安置好他的家人。不久前，王后去世，没有留下儿子，为父的要考虑怎样安置三位待嫁的公主。这三位公主各有绰号，完全符合她们各自的性情。

　　大公主人称"侬莎朗特"（意为"懒散"公主），而二公主则被称作"巴比雅德"（意为"长舌"公主），小公主却人称"菲奈特"（意为"机灵"公主）。

　　侬莎朗特是前所未见的不着调的姑娘，她每天睡到午后一点钟，刚一起床，就被人拖到教堂去做礼拜，只见她披头散发，连衣裙纽扣还未扣好，腰带也未系上，左右脚往往穿着不同的鞋子。

巴比雅德则过着另一种方式的生活。这位公主极为活跃，每天只花很少的时间打扮自己，一心只想说话，奇怪得很，从早晨一睁眼，直到晚上躺下睡觉，她那张嘴就闭不上。

这两位公主的小妹，性情则与她们迥然不同。她不断地动脑筋，也不断地锻炼身体，浑身展现出惊人的活力，好在全部精力用在正经事上。她非常熟练地跳舞、唱歌、演奏一些乐器，而且双手特别灵巧，能制作出许多小玩意儿，得到了女性们的赞赏，就连整个王宫，她都能治理得秩序井然。

小公主的才能还不仅限于这些，她很有判断力，会随机应变，能当场果断地解决任何突发问题。

另外，小公主还在许多特别的场合表现出了她的洞察力和机智灵敏，每次都不负众望，于是民众叫她机灵公主并为她起了"菲奈特"的绰号。

国王对小公主的宠爱远胜于对两个大女儿的宠爱。他极为信赖她的明智，如果他膝下只有菲奈特而没有另外两个女儿，那么他出征就毫无牵挂了，然而，他有多么信得过菲奈特，就有多么不放心他另外两个女儿的行径。国王既要掌握他那些臣属的举动，也要把握住自己家人的行为举止，于是他就采取了下面这样的措施：

国王去求助一位很有活力的仙女，向她陈述自己如何担心两个大女儿：

"并不是说,我所担心的两个大女儿,已经做出了一点点有失本分的事,不过,她们太没有头脑了,又那么冒失,整天无所事事,真担心当我出征在外时,她们想寻开心,稀里糊涂地上了贼船。至于菲奈特,我完全信得过她的品德,然而,我要一视同仁地对待她和她的两个姐姐。因此,智慧的仙女,我求您为我的女儿们做三个玻璃纺锤,每个纺锤都赋予同样的魔力,一旦其主人做了有失名誉的事,就会自行破裂。"

仙女果然神通广大,给了国王三个施了魔法的玻璃纺锤,能在使用中完全遵从他的意愿。有了这种防范措施,国王还嫌不够,他又把三个女儿带上建在荒凉地带的一座高高的塔楼上。他告诉三个女儿,在他远征期间,命令她们居住在塔楼上,禁止接待任何人,还取消了她们身边所有的侍从和使女。国王交给她们施了魔法的纺锤,解释了它的功能。最后,国王吻别了三个女儿,锁上塔楼的楼门,把钥匙带在身上离去了。

国王早已做好安排,派人在塔楼上的窗口安了滑轮,吊了一根绳子,下端拴住一只篮子。公主们每天把篮子放下去,待人往里放好一天的食物,她们就摇滑轮拉上饭篮,再把绳索仔细地收到房间里。

侬莎朗特和巴比雅德过着这种孤寂的生活,感到绝望得要命,无聊到难以言表的地步,但还得耐心忍受,只因国王为她们做了极为可怕的纺锤,害怕自己的行为稍有疏漏,就会导致纺锤破裂。

菲奈特则不然,根本没有无聊的时候,她纺线、做针线活儿、演奏乐曲,总是开开心心的。

两个姐姐就这样愁眉苦脸地打发着时日,暗自抱怨自己的命运不好。笔者认为,她们一定会讲出这样的话:"宁可生在快乐的小户人家,也不愿生在帝王之家。"

两位公主经常伫立在塔楼的窗口,至少可以眺望田野上发生的情况。且说有一天，菲奈特在自己卧室正做着漂亮的针线活儿。两个姐姐守在窗口，俯视看到塔楼脚下有一个穷苦妇人，衣衫褴褛，正合掌冲她们叫苦，恳求让她进塔楼，说她是个不幸的外国人，什么事都会做，愿意尽心尽力为她们效劳。

两位公主首先想到的是国王严令不准放任何人进塔楼，然而，侬莎朗特无比厌倦这种自己照顾自己的日子，而巴比雅德又十分无聊，身边除了她的姐妹，连个说话的人也没有。总之，一个渴望有人给她细心梳头，而另一个也急于找一个人跟她整天闲聊解闷，二人就这样不约而同地决定让那个穷苦的外国妇人进来。

"你认为父王的禁令，"巴比雅德问她姐姐，"也扩展到像她那样不幸的人头上吗？我觉得我们收留她，并没有什么不妥。"

"妹妹，你想怎么办都行。"侬莎朗特回答。

巴比雅德就等着姐姐的这句话，当即放下绳篮，待那可怜的妇人在篮子里坐下，两位公主就用滑轮将她拉上塔楼。

妇人全身肮脏极了，一站到公主们面前，她们就感到恶心，想要她换掉衣衫，而妇人却说，衣服等第二天再换也不迟，此刻她还要为她们效劳。她的话音未落，菲奈特从卧室出来了。小公主万分诧异，瞧见一个陌生女人同她的姐姐们在一起，她便询问她们为何把陌生女人吊上来。菲奈特看到事已至此，就掩饰起她的忧虑，未再追究。

公主们的新女仆在塔楼里转悠起来没完，说是要为她们效力，其实就是查看塔楼的布局。

这个穿一身破衣烂衫、男扮女装的人，原来是强大的邻国国王的长子。这个年轻王子是当世最狡诈的一个人，他完全控制了他的父王，而他实现这个目的，倒不需要使用多少手段，只因国王秉性极其温和，极好相处，从而得了个绰号，人称"沐尔暖男"。至于年轻王子，他的一举一动无不是阴谋诡计，民众也送他一个绰号，人称

"狡诈大师"，简称"狡诈师"。

王子有一个弟弟，兄弟俩截然相反，弟弟身上的美德刚好是哥哥身上所欠缺的，然而，尽管性格迥异，这兄弟俩却同心同德，毫无嫌隙，让世人感到无比惊奇。二王子不但德操令人称道，人品相貌也俊美高雅，令人瞩目，故赢得了"美不胜收"的绰号。

狡诈大师终于脱掉伪装的破衣烂衫，露出了缀满宝石的金光闪闪的骑士服装。可怜的公主们一见此景，都惊慌失措，争相逃开。菲奈特和巴比雅德动作敏捷，很快逃进卧室。可是，侬莎朗特平时不大行走，瞬间就被王子追上了。

王子当即跪到她脚下，表明自己的身份，对她说他久闻芳名，见过她的肖像，故而离开可以享乐的王宫，来此向她奉献他的诚意和爱情的心愿。

侬莎朗特一时昏了头，无言以对，而王子一直跪在面前，软语温言往她耳朵里灌，一而再、再而三保证他多么诚心诚意，热烈恳求她接受他为丈夫。

侬莎朗特生性怠惰，没有精神头儿争辩，就懒懒散散地对狡诈大师说，她相信他是真诚的，接受他的爱意。此言一出，她的纺锤当即粉碎了。

第二天，心性邪恶的王子带着侬莎朗特，来到底层靠花园尽头的一个房间。就在这套房里，懒散公主向狡诈大师表示，她惦念两个妹妹，但又不敢面见她们，怕受她们的责备。王子应付了几句就走了，趁侬莎朗特不注意，将房门锁上，然后仔细寻找两位公主。

他寻找了半晌，没能发现两位公主各自关在哪个房间。最终，长舌公主耐不住寂寞，就独自说话，自怨自艾，王子闻声走近房门，从锁孔里望见她。

狡诈大师隔着门跟她讲话，重复对她姐姐讲过的那套话，说他设法进入塔楼，就是要向她奉献他这颗心和他的诚意。他赞美她的姿色和智慧。巴比雅德本来就对自己的人品非常自信，很容易就轻信了王子的花言巧语，她也回答了一大套话，委婉而无谢绝之意,终于给这个诱惑者打开了房门。等她打开了门,狡诈大师完全进入表演的角色,重新又渲染了一番他的深情以及公主嫁给他会得到什么好处。他还像对侬莎朗特说过的那样,说她必须马上接受他的诚意,因为她们姐妹一见面,她们势必反对这桩婚事,毫无疑问,他作为最强大的邻国的王子,显然理应娶她姐姐而不是她,大公主以难以想象的热切期望,绝不会答应让妹妹夺走美事。长舌公主又讲了一大套毫无意义的话,也跟她姐姐一样任性妄为,当即接受了王子做她丈夫的提议,直到玻璃纺锤粉碎之后,她才想起自己行为的后果。

然而,到了傍晚时分,长舌公主又没了情绪,不想去找她的姐妹了,她的顾虑不无理由,怕她们不同意她的行为。王子则主动表示去找她们,设法说服她们赞同她的行为。长舌公主一整夜没有睡觉,得到这种保证后,才迷迷糊糊地睡过去。狡诈大师趁她睡着了,又故技重演,将她锁在屋里,就像对待懒散公主那样。

真的,这个狡诈大师,不是罪大恶极吗?这两位公主,不是太怯懦而又失慎吗?

且说这个狠毒的王子将巴比雅德锁在屋里后,又去挨个儿房间查看,查遍了所有房间,全都能打开门,唯独一个房间从里面锁住,他就断定菲奈特躲在那个房间里。

狡诈大师早就准备好了车轱辘话,到了菲奈特的门外,重又照搬了出来,殊不知,这位公主并不像她的两个姐姐那样能够轻易上当受骗,听了好长时间也没有反应。最终,她明白王子已经确认她在这屋里,就对他说,假如他对她真有如此强烈、如此诚挚的情感,想要说服她相信,那就请他下楼走到花园里并将塔楼的门关上,然后她趴在对着花园的窗口,跟他交谈多久都可以。

狡诈大师绝不肯接受这种做法,看到公主很固执,就是不肯开门,这个穷凶极恶的王子失去了耐性,就去找来一块粗大的劈柴,将房门撞开。

王子闯进去,却看见公主手持一把大锤子,那是施工人员偶然丢在房间大衣橱里的。公主气得脸色通红，怒目圆睁，尽管如此愤怒，在狡诈大师看来，她还是美得令人失魂。

他想要跪倒在公主脚下，公主却倒退一步，高傲地说："王子，如果你胆敢靠近，我就用这锤子砸烂你的头！"

"什么？！美丽的公主，"狡诈大师拿出虚情假意的腔调，高声说道，"我对您的爱，却招来如此残忍的仇恨？"

他和公主分别站在房间的两端，重又向公主兜售他那一套，诉说她的美貌和聪明才智的芳誉，如何激发他狂热的爱情，还说他男扮女装，就是来恭恭敬敬向她奉献他这颗心和他的终生的，请她原谅他炽热爱情的冲动和大胆地破门而入。最终，他还想要用对付她那两个姐姐的花招，从她切身利益考虑，应当尽快接受他为自己的丈夫。他还对菲奈特说，不知道她的姐姐们，那两位公主躲到哪里去了，他的心里想着她，也就没有费神去寻找她们。

机灵公主假装息了怒，表示应当先找见两个姐姐，一起商量怎么办，可是，狡诈王子却回答说，她一定得先嫁给他，既成事实后，他才能去找那两位公主，因为她们身为姐姐，势必借口嫡长权，反对他俩的结合。

菲奈特本来就有理由怀疑这个狡诈的王子，一听他这样回答，自然疑虑倍增，极为担心两位姐姐可能的遭遇。她决意一箭双雕，既能为她们报仇，又能让自身避免遭受她们那样的不幸。

于是，年少的公主就对狡诈王子说，她倒不难同意嫁给他，不过，她确信傍晚结婚总是不幸的，因此请求推迟到明天早晨再举行结婚典礼的仪式，她保证不把这件事告诉两位姐姐，只是给她这点时间独自祈祷上苍，然后会带他去一个房间，躺在一张舒服的床上休息，而她将回到自己的卧室，关起门来直到第二天。

狡诈王子算不上一个勇敢的人,眼睛总盯着菲奈特手上那只大锤子,时而耍弄一下,像摇扇子那样轻快,他也只好同意了公主的要求,先离开一阵子,容公主静思。他刚一离去,菲奈特就跑到塔楼里的另一个房间中。

这个房间同其他房间一样洁净,但是中央有一个大洞,连通下水道,楼里所有垃圾都倒进大洞里。菲奈特在洞口交叉搭了两根细木条,上面放好一张床铺后,马上回到了自己的房间。

过了一会儿,狡诈王子便回来了,公主带他去了她刚架好床铺的那个房间,便抽身走了。

王子没有脱衣服,一仰身重重地把自己撂到床上,一下子就压断了架住床铺的细木条,整个人掉进了下水道,连个抓手也没有,不知脑袋撞了多少包,肢体骨折了多少处。

王子跌进管道里,发出很大声响。菲奈特的房间离得不远,她当即判定,她的计谋大功告成,隐隐的一种快感传遍全身,简直舒服极了。实在无法描述,她听见王子在下水道里乱扑腾,心里不知有多痛快。狡诈王子罪有应得,机灵公主也理应感到心满意足。

不过,公主再怎么高兴,也不会不管两个姐姐的。她要做的头一件事,就是寻找她们。她很容易就找到了巴比雅德。狡诈王子将二公主锁在屋里,钥匙却丢在了机灵公主的房间里。

菲奈特找到那个房间,急忙打开门进去,弄出动静惊醒了巴比雅德。她看见菲奈特进来,不禁大感不解。菲奈特就讲述了自己是如何打发掉王子那个骗子的,因为他是蓄意前来侮辱她们的。

巴比雅德听了这个消息,如晴天霹雳。别看她整天说东道西,这回却出了大丑,居然完全相信了狡诈大师对她的花言巧语。如今世上并不少见像她那样的受骗者。

再说狡诈大师在下水道里遭了一夜罪，天亮之后，情况也不见好。阳光照不进管道里，他也看不见这个可怕的场面。不过，这个王子拼命折腾，最终找到了管道出口，那里正对着离城堡相当远的一条河。

王子高声呼救，叫来了河上打鱼的人，这些好心人把他从洞口拖出来，他那样子真是惨不忍睹。

王子被人抬回王宫，慢慢养伤。他这次失手，被人算计，恨透了菲奈特，不在乎如何养好伤，而一心想报仇雪恨。

且说机灵公主也在度过一段苦闷的时光，她把名誉看得比生命重千倍。两位姐姐怯懦而蒙羞，将她置于悲痛欲绝的境地，几乎令她无法承受了。

狡诈王子这个骗子，按说够精明的了，他回顾这场遭遇，只想让自己成为骗术大王。无论跌入下水道，还是受到挫伤，他并不怎么放在心上。他最恼火的是遇到了比自己精明的人。他料到了两场骗婚的后果，为了诱惑有了心病的两位公主，他就派人将装满几大木箱带枝叶的水果，送到塔楼窗口的下方。

侬莎朗特和巴比雅德经常站在窗口张望，看到了那些水果，就立刻想吃，眼馋得直流口水，她们就逼着菲奈特乘坐篮筐下去，取回来一些品尝。小公主对两位姐姐一向很顺从，她下去为她们取回了水果，她们就狼吞虎咽地大吃大嚼起来。

第二天，出现了另一种水果，大公主和二公主又眼馋了，小公主再次顺从她们的意愿，然而，狡诈王子布置了卫士们躲藏在一旁，第一次失手，这回却冲上来抓住了菲奈特。王子对这位公主恨之入骨，一路上对她讲了许多粗话，而菲奈特却态度坚决，晓之以理，显示其高尚的心灵一贯那么英雄无畏。狡诈王子关了公主几天之后，派人把她带上险峻的高山之巅，随后他本人也到了。就在这山顶，他向公主宣布，将以特殊的方式处死她，以报复她耍的花招。另外，这个邪恶王子还向菲奈特说明会以多么残忍的手段置她于死地：一只大木桶，里面插满小尖刀、刮胡刀以及带倒钩和钩刺的铁钉，还说她罪有应得，要把她丢进这只木桶，放桶从山顶滚到山下。

菲奈特虽然没有罗马人那种英雄气概，但也没有被给她准备的酷刑吓倒，比得上古人雷古卢斯面对命运时的泰然。年少的公主态度坚决，完全保持着镇定和机警。

狡诈王子非但不赞赏她的英雄性格，反而气急败坏，一心要处死她。他还是抱着这种恶念，再次查看报复的工具，身子探向木桶口，确认桶内壁是否布满锋刃尖钉。菲奈特一见迫害她的人聚精会神地审视，便抓住千钧一发之际，机敏地将他掀进木桶，再猛力一推，木桶就从山顶往山下滚去，容不得狡诈王子反应过来。

菲奈特完成这一惊人之举后，便逃之夭夭了。

王子的那些随从目睹了他们的主子要以如此残酷的方式加害可爱的公主，都感到十分痛心，使得没人去拦截公主。再说，眼前发生的突变，他们都惊呆了，没时间想别的事，只考虑王子还在木桶里，怎么才能阻止横冲直撞滚下去的木桶，然而，他们怎么忙活都于事无补：木桶一直滚到山脚下才停住。他们赶紧去把王子救出来，只见他已经伤痕累累了。

狡诈王子遭此劫难，沐尔暖男国王和美不胜收王子都感到心痛欲碎。至于全国各地的民众，则根本没人对他表示同情。狡诈大师引起民愤极大，说起来大家甚至都很奇怪，二王子人品那么高尚，又那么宽厚，怎么可能深深喜爱这个无耻的哥哥。其实，这正是美不胜收王子天生善良的一面——深爱血脉相通的所有亲人。狡诈王子总是特别有心眼儿，对弟弟表现出深厚的情谊，以致这位宽厚的王子认为如不能加倍回报哥哥，就绝不能原谅自己。哥哥全身受伤，做弟弟的感同身受，心痛不已，千方百计地想迅速治愈他，但是无论怎么精心治疗，狡诈王子的创伤非但不见好，反而越发恶化了。

美不胜收王子见此情况，真是痛彻心扉，而这个狡诈大师临死还萌生毒计，想滥用弟弟的深情来实施。

"我们生为手足，你一直爱我，"狡诈王子对弟弟说，"现在我要死了，假如你真的把我当作亲人，那么你就答应我，接受我向你提出的一个请求。"

美不胜收王子见哥哥危在旦夕，不忍拒绝他任何要求。就对他发下了毒誓，同意他提出的任何要求。

狡诈王子一听到弟弟发下毒誓，就拥抱他，对他说道："弟弟，只要你给我报仇雪恨，我就死而瞑目了。要知道，我请求你做的事，就是等我死后，你马上向菲奈特求婚，你肯定能够成功的，这个恶毒的公主一旦落入你的手中，你就用匕首，一下刺进她的胸膛。"

美不胜收王子一听到这话，恐惧传遍周身，不寒而栗，心中后悔如此失慎地发下的毒誓，却来不及收回了，但他也绝不愿意在兄长面前表露出丝毫悔意，不大工夫，他哥哥也就咽气了。

国王的丧子之痛不言而喻。民众非但不惋惜，反而庆幸狡诈王子一命呜呼，从而确保了美不胜收王子能够继位：他的德行有口皆碑。

菲奈特重又幸运地回到两位姐姐身边，不久她就获悉狡诈王子死了。又过了稍许时日，三位公主得到通报，她们的父王率军回国了。

国王急不可待地来到公主们居住的塔楼，要做的头一件事，就是检查她们的玻璃纺锤。依莎朗特去拿了菲奈特的纺锤，出示给国王，然后她深施一礼，又把纺锤送回原处。巴比雅德也耍同样的把戏。而轮到菲奈特，也自然拿来她自己的纺锤。

国王不免有些疑心，想要同时看到三只纺锤。只有菲奈特拿得出来，国王冲她的两个姐姐大发雷霆，当即把她们送到给她们纺锤的仙女那里，请仙女罚她们终生守在她身边，受到应得的惩罚。

天生善良的机灵公主为两位姐姐的命运深感痛心，她在悲伤不已中又得知美不胜收王子已向她父王求婚，父王应允了，却没有告诉她。因为在那个时代，考虑婚姻时，男女双方的感情完全可以忽略不计。菲奈特得知这一消息，不由得胆战心惊，她的疑虑不无道理：狡诈王子对她的仇恨，难免不传至他那亲密无间的弟弟心中，年轻王子要娶她，无非是要把她献祭给他兄长。菲奈特这样惴惴不安，就去向智慧的仙女讨教。

这位仙女有多鄙视侬莎朗特和巴比雅德就有多看重菲奈特。她不愿向公主透露任何天机，只是对她说道："公主，您既明智，又谨慎。迄今为止，您遇事时采取的措施都精准得当，只因您一直牢记：'善疑乃稳妥之母'。您就继续记牢这句格言的重要性，您不用借助我的法术，就能踏上幸福之路。"

菲奈特没有求得仙女的其他指点，回到王宫后，还是极度焦虑。

数日之后，一位特使以美不胜收王子的名义前来迎娶公主，请她登上豪华的车驾，有随从护拥，去见她的丈夫。

王子一见到菲奈特，就十分惊艳她的魅力，便向她恭维了几句，但是讲得十分含混，大大出乎两个朝廷臣属的意料，大家还以为这个聪慧而风雅的王子由于一时心荡神迷坠入了情网，便丧失了应对的能力。

全城人都欢呼雀跃，各处都鼓乐齐鸣，烟花漫天飞舞。盛大的晚宴过后，大家终于想到送新婚夫妇入洞房了。

菲奈特念念不忘仙女向她重申的那句格言，头脑里酝酿好了对策。她买通了一名使女：使女掌管新房梳妆室的钥匙，她就命使女往梳妆室抱了一捆干柴、一个里面装满羊血的动物膀胱以及晚宴上吃剩的动物的肠子。

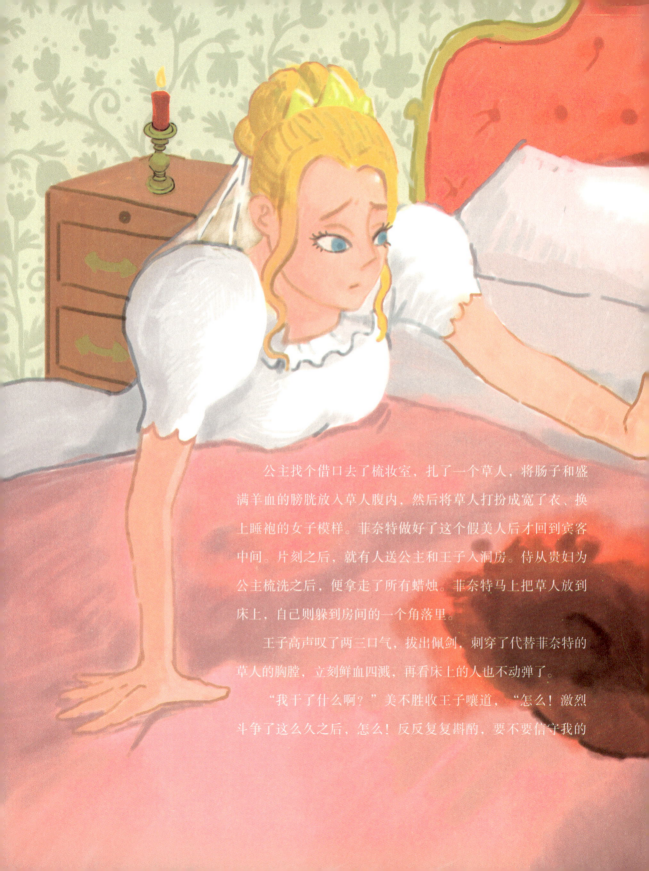

公主找个借口去了梳妆室,扎了一个草人,将肠子和盛满羊血的膀胱放入草人腹内,然后将草人打扮成宽了衣、换上睡袍的女子模样。菲奈特做好了这个假美人后才回到宾客中间。片刻之后,就有人送公主和王子入洞房。侍从贵妇为公主梳洗之后,便拿走了所有蜡烛。菲奈特马上把草人放到床上,自己则躲到房间的一个角落里。

王子高声叹了两三口气,拔出佩剑,刺穿了代替菲奈特的草人的胸膛,立刻鲜血四溅,再看床上的人也不动弹了。

"我干了什么啊?"美不胜收王子嚷道,"怎么!激烈斗争了这么久之后,怎么!反反复复斟酌,要不要信守我的

誓言而犯罪？犹豫这么久之后，我还是夺走了一位可爱公主的性命，她正是我一生要爱的人！我一见到她，就为她的魅力着迷，然而，我却没有勇气背弃一种不当的誓言，一个被仇恨迷住心窍的兄长，以卑劣的、出其不备的手段挟持我发下的誓言！噢！天哪！怎么能够想惩罚一个力图保持贞节的女子呢？好吧，狡诈的王子，我满足了你不义的报复，可是，我也得以死来为菲奈特报仇。对，美丽的公主，我们必须用同一把剑了断……"

菲奈特可不愿意看他干这样的傻事，立刻就冲他嚷道："王子，我没有死。我知道您心地善良，料想您后悔了，就用一个无关紧要的替身让您避免了一桩罪行。"

接着，菲奈特就对美不胜收王子讲述了她的有所预见，做了草人替身。王子一见公主还活着，惊喜万分，赞美她遇到任何情况，都能谨慎地应对。他想想都后怕，真是无限感激，正是她巧妙的安排，使他免于犯罪。

假如机灵公主不是总那么确信"善疑乃稳妥之母"，那么她不仅性命难保，而且她一死，又会引起美不胜收王子轻生。

谨慎和机智万岁！也多亏了谨慎和机智，这对夫妇才得以幸免于难，而且大难不死，就拥有了人世间最甜美的命运。

凡尔赛的迷宫

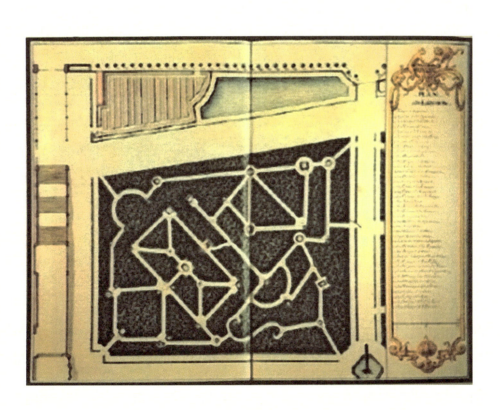

凡尔赛要建造迷宫旨在教育王子。夏尔·佩罗设想了布景，表达寻求智慧的迷宫，设置有三十九处喷泉，用古希腊的《伊索寓言》来阐明。

1672年至1677年，十八位雕塑家制作完成的这些寓言中的造型，就砌在水池的石壁中，由雅克·巴伊绘上自然的颜色。出场的总共有三百三十三只金属铸的动物，集中在凡尔赛宫，可谓十七世纪动物雕塑艺术之大观。

这座迷宫构建起来困难重重，于1778年拆除，让位于一片小树林——王后的未来小树林。

《伊索寓言》中的诗句置于伊索雕像的基座上：

这些特别狡黠和机灵的动物，无不鲜明地表现人类的习俗。
我借此就想教人长智慧，可是我的邻居对此却持反对意见。

《伊索寓言》中的诗句置于爱神雕像的基座上：

我希望人人有爱心，人人都聪明。什么都不爱就是个糊涂虫。
每种动物以各自的语言讲明这个道理，就应该仔仔细细聆听。

1. 猫头鹰和百鸟

有一天，猫头鹰受到百鸟猛烈的袭击，

只因他唱歌难听到令人窒息，插的翎羽也丑陋无比，

于是，他不敢出门，外出只能等到夜里。

任何考虑周到的人进入爱的迷宫，

若要游遍芳丛，谈吐就应该文雅，

穿戴也必须整洁，绝不要像个愣头青，

否则惹恼了那些女性，无论年少年老，

无论丑妇还是美人，无论金发还是褐发，

无论温柔还是残忍，都会扑向他，如同扑向一只猫头鹰。

2. 公鸡和山鹑

一只山鹑很伤感,
被几只公鸡给打了,
不过总还可以自慰,
见过公鸡之间也掐架。

如果侍候一位美人,
头几天就受到虐待,
也不必耿耿于怀。
多少有情人,
由爱神促成百年之好,
生活中也难免争争吵吵。

3. 公鸡和狐狸

一只狐狸见到一只公鸡,
就请他飞下树枝,
共享公鸡和狐狸达成的和平协议。
"很好啊!"公鸡回答。
"我看见,跑来两只猎兔犬,
一定是送来这条好消息。"
狐狸见情况不妙,
说下次再来相聚,
赶紧逃之夭夭。

我们的死对头总是穷凶极恶,
越套近乎就越有图谋,
不管向你保证多深的友谊,
吃掉你可没有讨论的余地

4. 公鸡和钻石

一只公鸡发现一颗钻石，

就感叹了一句：

"还不如发现一颗大麦粒。"

好好的娇娃，

美丽的韶华，

千万别落到一个粗人的爪下，

粗人有眼无珠无异于眼瞎。

您的智慧，

纵然迸发出无数耀眼的光辉，

普通的农村姑娘只会百倍喜爱一种

她觉得更有用的才能。

5. 青蛙与朱庇特

一群青蛙祈求天神朱庇特给他们派来一位国王。

"给你们!这就是你们的新国王!"朱庇特派来一尊木雕。

青蛙们嘲笑这个不会动弹的国王,请求朱庇特另派一位。

于是,朱庇特就派来一只仙鹤。

这位国王可了不得,一口一个,将身边的青蛙全吃掉了。

这根本就不是青蛙们本来想要的,

他们苦苦哀求朱庇特再另派一位国王。

这一回朱庇特不听他们的话了,

"这件事可以告诫你们,不要有太多的抱怨。"

6. 倒悬的猫和老鼠

一只猫用爪子倒勾,悬在梁上装死,
骗好几只老鼠中了计。
还有一次,
猫滚了一身面粉,
一只老鼠戳穿这种把戏:
"你就是变成面粉袋子,我也要敬而远之。"

关键时往后撤一撤,
往往是最稳妥的保命之道。
猫终归是猫,
无论怎么卖俏也是要花招。

7. 鹰与狐狸

一只鹰和一只狐狸是邻居，结为好朋友：

树冠筑鹰巢，

树根洞穴住一窝小狐狸。

有一天，鹰饿了，

不管三七二十一吃了小狐狸；

狐狸找来支火把，烧了树，

雏鹰被烧得半熟，落在地上，成了狐狸的美食。

天理难容：不忠不义者所受的惩罚多么残忍，也不算过分。

8. 孔雀和松鸦

有一天，松鸦用好几只孔雀的羽毛打扮起来，

得意非凡，修饰得煞是好看，

要跟孔雀们赛一赛；

不曾想每只孔雀都收回自己的羽毛，

松鸦落得一身寒酸，成了孔雀们的笑料。

但凡天生倜傥风流相，

只是东拼西凑装模样，

势必成为嘲笑的对象。

受真风流士揶揄也很平常。

9. 公鸡与火鸡

一只火鸡走进饲养场,
　　展开了翅膀。
一只公鸡冲上前挑战,
　　尽管对方无意冒犯。

事先不知对手的底细,
不必如重石压在心头;
原以为是多么厉害的角色,
往往是冒充好汉的吹牛者。

10. 孔雀和鹊雀

百鸟推举孔雀为王,因其美丽。
　一只鹊雀表示反对,
　　向大家说明,
　不该只看已有的俊美,
　更要看他欠缺的品德。

要配得上一位绝色少女的选择,
　这话要得罪多少公子哥;
外表不是判断一个人美的全部,
　哪怕皮肤赛过玫瑰色。

11. 龙、铁砧和钢锉

一条龙想要吞食铁砧,一根钢锉对龙说:
"即使你的牙齿全崩断,对铁砧也无可奈何,
唯独我,用我的小细牙,能把你和这里的一切吞没。"

当一个情郎真的发了火,女友再动怒也一无所获;
像怒龙那样只能伤自己,要学习那根温柔的钢锉。

12. 猴爸和小猴

猴爸有一天觉得,
一只小猴太美太可爱,
就紧紧搂住它,
搂得太紧,
小猴窒息在怀。

这样的事例千千万,
每天都屡见不鲜:
自己的孩子个个都可爱,
看哪个都好看。

13. 鸟兽大战

鸟类同走兽发生了战争。

蝙蝠认为鸟类太弱，加入敌对阵营。

不料鸟类大获全胜，

走兽溃不成军。

蝙蝠不敢回到鸟群，

只能夜晚出行。

一个人如果选择了一个美人的眼睛，

那么对其他所有的诱惑，必须无动于衷。

这一生到死，要忠实于自己的选择；

否则就躲起来，

消失得无影无踪。

14. 母鸡和鸡崽儿

一只母鸡望见一只鹞鹰飞近,
就赶鸡崽儿进窝,
防备敌人。

如果畏惧一个狠心美人的诱惑,
那就必须闭眼无视方能避祸;
否则瞬间就会臣服于美人的魅力,
只能任其摆布,
丧失了自我。

15. 狐狸与仙鹤

狐狸邀请仙鹤吃饭，

端上一只浅盘，

盘里盛的稀粥，

几乎让狐狸舔个干净。

欺骗一位小气之人太危险，

事后自己再怎么防范，

天大的奇迹也难出现：

她会以其人之道相还！

16. 仙鹤与狐狸

仙鹤回请狐狸用餐,
长颈瓶盛稀饭,
只有仙鹤的长喙探得进去,
吸食干净。

初次见面,
了解人极为有限,
仅凭偶然判断:
谁知一只仙鹤,
还让狐狸受骗。

17. 孔雀与夜莺

一只孔雀抱怨朱诺天神,

没有赐予他夜莺那般美妙的歌声。

朱诺天神回答:

"神灵总是这般分配天赋:你比夜莺的羽毛美丽,

而夜莺又比你鸣唱得好听。"

一个谈吐优雅,

另一个有一副好相貌,

若要取悦于人,

谁都有一份天生特长。

18. 鹦鹉与猴子

一只鹦鹉炫耀自己能像人一样说话,

猴子却说:

"我能模仿人的举止。"

为了显显能耐,

猴子趁少年在附近游泳,穿上他的衬衫,

可是衣服穿反,挣脱不开,

被那少年捉住,上了套绳。

不熟悉的事不要胡乱掺和,

过分想要取悦反惹人不悦。

19. 猴子判官

一匹狼和一只狐狸打官司,

纠缠不清的案件,总是争执不休,

双方一致请猴子做判官。

猴子判案删繁从简,判处双方都付罚款,

还说就该这样罚两个坏蛋,不罚不足以平民怨。

两个竞争者一旦失和,抑或哪个粗暴得过了格。

每人都有漂亮的说辞,想如愿得到心上人的青睐,

心上人一准会嗤之以鼻,

把两个人统统赶到门外。

20. 老鼠与青蛙

一只青蛙要淹死老鼠,

就提议驮着他游遍沼泽,

青蛙的一条腿和老鼠的一条腿绑在一起,不是防止失落,

青蛙说得很明确,就是要把老鼠拖入水底,

一只鸢冲下来抓起老鼠,连同青蛙当成美食。

背信弃义会自食恶果,要毁掉对手绝非善策。
害人的计划再怎么周全,也没有赢家,而是一起玩儿完。

21. 野兔和乌龟

一只野兔嘲笑乌龟动作缓慢,
乌龟就向他挑战,一场龟兔赛跑就这样开始。
野兔让乌龟先跑得老远,
等他起跑想赶超,
怎么加速也为时太晚,
让乌龟占了先。

过度相信自身才干就是脑残,
忘乎所以是多少情人的误区,
要赢得一位美人的心甘情愿,
大献殷勤比什么都更受期许。

22. 狼与鹤

一匹狼请鹤帮忙,

用长喙叼出哽在他喉咙的一根骨头。

鹤叼出骨头,想讨要点报酬。

狼说:"没吃了你,这报酬还不够?"

向不知感恩的人讨好,归根结底是一切徒劳;

还期望得到很好的回报,那一定是鹤那样的残脑。

23. 鸢与小鸟儿

一只鸢过生日，假装愿意招待小鸟儿，
在自己家中接待小鸟儿之后，就把他们全吃了。

您会看到，一位精明的女性，
向十五六个痴情的年轻人，同时抛媚眼频频传情。
谁都不怀疑自己深得美人所爱，
为什么不想象一下吸引到家来，无非是要骗光他们的全部钱财。

24. 猴王

一只猴子被百兽推举为王,只因他会耍花样,

耍弄这顶该给被推举者戴上的王冠,做出各种猴相。

一只狐狸对这种选择非常气愤,就对猴王声称:

赶快去取他发现的财宝。猴王一去,就被关进了捕鸟笼。

善于插科打诨,准能大大出风头,

然而要平和、

明智而精妙,否则就是开玩笑。

25. 狐狸和山羊

一只山羊和一只狐狸,下到井里喝水,

喝足了困在井里,狐狸就向山羊提议立起身子,

让他登上长角蹿出井去,再拉山羊上去。

不料狐狸一到井上,就开始嘲笑山羊:

"你见识应像胡子那么长才好。

不想好怎样上来,就不该下井纳凉。"

落到一个傲慢风流的女人手中,

是一种更可悲的命运,还不如大头朝下坠井,

那总能设法上来,只要足够聪明。

26. 老鼠会议

老鼠开会讨论,如何防范一只让他们不得安生的猫。

一只老鼠倡议,给猫的脖子挂上铃铛。猫走哪儿都知道。

主意很好,但是难就难在,铃铛如何往猫脖子上挂。

一位女郎,野蛮、严厉又粗暴,

如果向她讨好,不妨给予她一点爱,

这种办法更有益更可靠!

然而问题的关键是,一番好意如何送得到。

27. 猴子和猫

猴子想要吃火中之栗,
　就借用猫爪去取。

不惜伤害情敌去讨好心上人,
　也是同样的把戏。

28. 狐狸与葡萄

一只狐狸够不着架子上的葡萄,
就说葡萄不成熟,他不稀罕吃。

一个风流男子一旦鄙视一位秀色可餐的美女,
他怎么说怎么装都徒劳,
不过是垂涎而够不着。

29. 鹰与兔子

鹰追捕一只兔子,
兔子求一只鞘翅昆虫帮忙
恳求鹰饶他一命。
怎么哀求鹰也不答应,
毫不留情吃了这只兔子。
鞘翅昆虫就报复捣乱,
一连两年弄破鹰的蛋;
鹰实在没法儿,
就干脆把蛋下到朱庇特的袍上。
鞘翅昆虫又跟去排粪,
朱庇特一抖袍就把鹰蛋抖掉了。

讨好心上人还不算完,
　必须讨所有人喜欢;
因为贴身使女闹别扭,
您就永远闹不准时间,
美人何时会同您见面。

30. 狼与豪猪

一匹狼力图说服一头豪猪，消除浑身那些刺，会显得更美。

豪猪回答：

"这话我相信，可这尖刺能御敌，只想美会后悔。"

美丽的姑娘，

谁都给你们灌迷魂汤，

总说你们会更加漂亮，

如果你们改掉那副硬心肠。

这话不错，

然而往往是一匹狼才会这么说。

31. 多头蛇

有两条蛇：一条多头蛇，一条多尾蛇，相互争论多头好，还是多尾更灵便。

两条蛇遇危险，往荆棘丛中逃窜，

多尾蛇一头扎进去，尾巴紧随其后。

多头蛇费了难，几颗头向左，几颗头向右，每颗都很顽固，

蛇身就被荆条卡住。

听从过多的意见反而适得其反，无论任何事或是爱情方面，

眼睛要注视自己的目标，径直走自己的路才最保险。

32. 小老鼠、猫和小公鸡

一只小老鼠，遇见一只猫和一只小公鸡，

就想跟猫交朋友，害怕小公鸡的喔喔啼。

拿不定主意回去问母亲，母亲说：

"要分清，像你似的那个温和的动物，专门吃我们，

而另一种动物，永远不会损害我们半分。"

这些长翎毛的动物，比亚历山大还勇敢，

但是他们并不危险，也很容易防范；

你要防范的，是那些看似温和的动物，

比起翎毛类，他们更危险百倍，更可恶。

33. 鸢和鸽子

一群鸽子被鸢追赶,就向雀鹰求援,
殊不知雀鹰对鸽子更加凶残。

众所周知,丈夫往往会激怒年轻的伴侣。
年轻的伴侣,意图要报复,
要认清找谁出这口气,自己会落入何人手里。
若找个情夫粗暴而嫉妒,比起来还远不如丈夫。

34. 海豚和猴子

　　一只猴子遭遇海难，爬到海豚背上逃生，
　　这只海豚欣然接纳，还以为他是个人，
　　于是就问，你是否常去看庇雷①入海港口，
　　猴子当即回答说，庇雷是他的朋友。
　　海豚这才明白，略一翻身猴子滚落水中：
　　他怎能忍受，背上驼的不是人，而是个禽兽。

　　一个情郎再怎么装相，好衣装、好模样、好皮囊，
　　如果终归是个衣冠禽兽，那就只配丢下海溺水身亡。

---
① 庇雷是希腊雅典的港口。

35. 狐狸和乌鸦

一只狐狸看见乌鸦叼着一块奶酪，
就开始赞美乌鸦的歌喉多么美妙。
乌鸦技痒，一张口奶酪便失落，
狐狸如愿吃得美味。

溢美之词听听也无妨，
危险却在于开口帮腔。

36. 天鹅与鹤的对话

鹤问一只天鹅,

为什么他要唱歌,

"我要死了。"天鹅回答说,"要给我受过的苦难做一个了结。"

一颗火热的心日夜感伤,

这股热忱就有断魂力量。

有情人将死,为爱而发声,

歌声就无比感人且动听。

37. 狼和头像

一匹狼看见一尊雕刻的头像，
　　就对雕刻家说：
　　"头像很漂亮，
　　但是欠缺主体，
　　没有判断力和思想。"

即使是手脚被缚住的人，
　　也必须有主导美的思想。

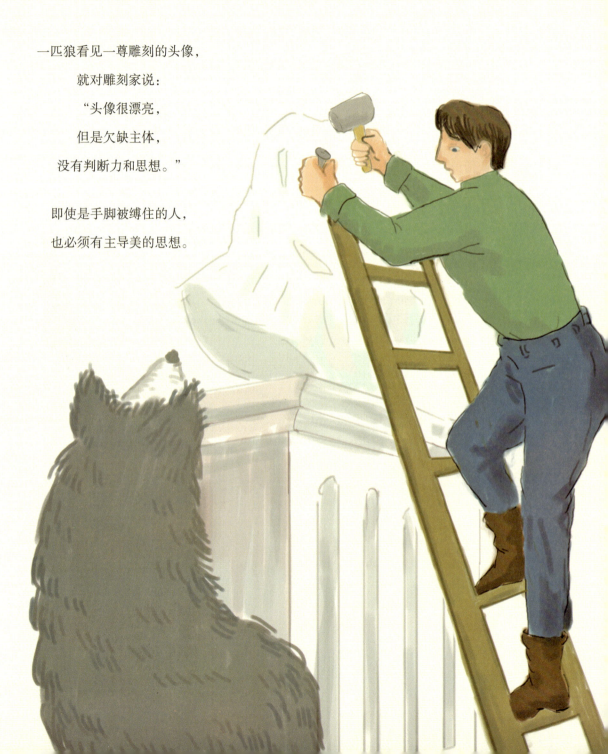

38. 蛇与刺猬

一条蛇将一只刺猬从洞里拉出来,

只因刺猬在蛇洞里住得自在,刺却总扎蛇也不在意。

蛇要他迁往别处。

"我在这儿让你不舒服,你何不搬到别处去住?"刺猬反客为主。

将朋友引进心爱女人的家中,

失慎之举往往会贻害无穷,

无论怎么悔恨也引不起同情。

你的位置被这朋友所取代,

第三者赢得了美人的青睐,

你只被当作可怜的蛇看待。

39. 鸭子和小水獭

一只小水獭追逐一群戏水的鸭子,

鸭子们对他说:

"你这点力量刚够逃离,别折腾了,你哪有捕捉我们的余力。"

这块料要拿得出手,如果自身不够可爱,

那就不要自行出丑,越追求越遭人嫌弃。

这则寓言实有其景:

这个水潭中的水獭,确实追逐戏水的鸭子。

水獭追赶,鸭子奔逃,前前后后一溜儿兜圈子,翅膀扑打起池水四溅。

这个水潭也称"深渊潭",因为大量注入潭中的泉水,

在潭中心形成急速的漩涡,

发出轰鸣声响,逐渐沉入地下不见了。

老鼠妈妈

想和猫交朋友的小老鼠

凡尔赛迷宫里的猴王

美不胜收王子

寻找女装的猴王子